私の「漱石」ノート

その人と作品に魅せられて

澤田省三

花伝社

私の「漱石」ノート——その人と作品に魅せられて◆目次

はじめに

夏目漱石が生まれたのは慶應三年（一八六七年）一月五日であり、この世に別れを告げたのは大正五年（一九一六年）十二月九日である。つまり、生誕からはほぼ一世紀半ばを経過し、この世を去ってからは、ほぼ一世紀をけみしたことになる。

ごく一般的に考えれば、これだけの年月を経れば人々の印象からはかなり遠くなるのが普通であろう。しかし、漱石に関する限り、このような見方は当たらない。このことは、読書に興味をお持ちの方なら即座におわかりいただけることであろう。少し大きい書店に行けば、今でも漱石の作品は現代作家たちのそれと並んで、しっかりと書架の一画を占めていることからも容易にわかることである。それだけでなく、漱石が他の作家と比較して格別に異なる点は、漱石の作品なり漱石の人柄などをモチーフとして著された書物が、現在も絶えることなく公刊されている事実があるということである。これだけでも、漱石がいかに類い稀れな存在であるかが頷けるのではなかろうか。

翻って私自身と漱石作品との出会いといえば、中学生のころ『坊っちゃん』を手にして、分からない部分ももちろんあったが、とにかくいっきに読んだのが最初であったと記憶している。

あの「親譲りの無鉄砲で小供の時から損ばかりしている」で始まる痛快物語である。それも単なる悪童ではなく、一方で正義感、率直さ、正直さを備えた悪童の日常がテンポよい筆致で描かれていて、読むのに休む間を与えない、まるで磁石のような作品であったように思う。かつて政治学者の京極純一氏は、『坊っちゃん』を読んだのが「読書」の始まりになった人が多い、とどこかで書いておられたが、つまりは読書人を作り出すほどに「魅力ある」本であるということであろう。

とまれ、その後、高校に進んで他の作品にも触れ、大学に進んでからも漱石の後期の作品などを読んだように思う。しかし、その後は、フルタイムの仕事に就くと多忙に紛れて、なかなか専門書以外の読書に集中する時間をそう多くとることはできなかった。だが、ほぼ四十五年間継続したフルタイムの仕事を終えて自由な時間を多く得ることができてからは、文字通りこれは、天与の時間ともいうべきものであるが、「読書」にかなりの時間を費やすことができるようになった。漱石の作品以外にも、もちろん多くの作家のものを身の丈相応に読んではいたが、今振り返ってみれば、最も多くの時間を費やしたのは漱石に関わる書物であったように思う。とりわけ、漱石の作品なり、人となりなどを対象として書かれた多くの著作物は、漱石の作品などを理解する上でこの上なく参考になったし、漱石作品の再読、再再読の機会を導く大きな要因ともなった。

今、改めてこうした経験からいえることは、「夏目漱石」という作家を得たことは、私にとってこの上なく自分の人生を豊かにしてもらえたということである。そして、そんな感慨の一端をノートとして記してみたい、と自己の年齢も顧みずに思うようになった。多くの優れた関連書物の驥尾《きび》に付すようなものではあるが、市井の一読書人の戯言としてお読みいただければ幸いである。もちろん、漱石作品に触れる人の一人でも増えることを期待してではある。

なお、本書を記すに際しては、漱石の作品（小説、随想、講演録、俳句、書簡、日記等）は当然として、それ以外の多くの先人による漱石に関する貴重な書物を参考にしている。その主要なものは巻末に挙げておいた。

一　漱石の「足跡」素描

漱石の作品をより深く理解し、また楽しむためには、漱石がどんな背景をもっていた人なのかについて知っておくことは意味あることであろう。もちろん作品に触れるだけでも十分に楽しむこともできるけれども、書き手の持つ背景を少しでも覗いておくことは、作品等との関わりをより濃密なものにすることができるという点で益するところがあろう。そこで文字通りの素描に過ぎないが、漱石のほぼ五十年の歩みの輪郭をトレースしてみよう。

漱石（夏目金之助）は慶應三年（一八六七年）一月五日（旧暦）、江戸牛込馬場下（現在の新宿区）で、夏目小兵衛直克、母千枝の間に生まれた。五男三女の末っ子であった。生まれて間もなく、四谷の古道具屋に里子に出された。その理由はよく分からない。

明治元年（一八六八年）十一月には塩原昌之助・やす夫婦の養子になっている。その後、養父母の関係が養父の女性関係で不和となり、そのため暫く実家に引き取られたが、明治七年（一八七四年）十二月には、また養父のところに戻されている。ところがこの一年半ほど後には、再び実家に引き取られている。これは、養父が金之助を給仕に出そうとしていたなど、養父による金之助の扱い方に危惧を感じた長兄が引き取ったようである。この時漱石（金之助）十歳である。そして、十五歳の時に母千枝（五十三歳）を亡くしている。

この後、明治十四年（一八八一年）には二松学舎で漢学を学んでいる。明治十六年（一八八三年）九月には大学予備門受験の目的で、英語学修のため成立学舎に入学している。英語の能力も格別に優れていたといわれる。本人の素質もさることながら、彼の英語学修には、長兄たちがこれからは英語を学び西洋の学問を身につけたものの天下ゆえ、どうしても英語をやれと強く勧めたことも大いに影響していたようである（高島俊男『漱石の夏休み』ちくま文庫一七六頁）。

明治十七年（一八八四年）九月には大学予備門予科に入学、この大学予備門というのは正確には「東京大学予備門」で、東京大学の予備課程である。大学予備門は、その後第一高等中学校と改称された。そして明治二十一年（一八八八年）一月、二十二歳の時になってやっと塩原家から復籍して、夏目姓にかえっている。つまり、形式的にはここまで縁組関係が存続していたわけである。この年、第一高等中学予科を卒業し、本科に入る。正岡子規との交友が始まったのもこの頃である。その翌年には房総旅行をし、帰来紀行の漢詩文『木屑録《ぼくせつろく》』を著している。

明治二十三年（一八九〇年）七月、第一高等中学本科第一部を卒業し、同月、帝国大学に入学、英文学を専攻する。明治二十四年（一八九一年）十二月には『方丈記』（鴨長明）を英訳している。明治二十五年（一八九二年）には特待生に選定された。この年、松山に子規を訪ねた際、高浜虚子とも逢っている。

明治二十六年（一八九三年）七月、東京帝国大学英文科卒業、続いて大学院に入学した。鎌倉の円覚寺塔頭帰源院に入り釈宗演と識り、その下に参禅したのもこの頃とされている。また、この年十月には東京高等師範学校の英語教授を嘱託されている。しかし、明治二十八年（一八九五年）四月、突然高等師範学校を辞し、伊予松山の中学校教員として松山に赴任した。その夏、日清戦役従軍記者としての帰途喀血した子規が療養のため松山に帰郷した時、二カ月ほど漱石の下宿先（愚陀仏庵）で一緒に住んでいる。漱石が俳句に興味を持ち、本格的に句作に励みだしたのもこの頃からである。

明治二十九年（一八九六年）四月、松山中学を辞し、今度は熊本の第五高等学校教授として赴任した。この年六月、中根鏡子と結婚。三十歳の時である。明治三十年（一八九七年）六月には、父直克（八十四歳）が逝く。後に漱石と親密な師弟関係を結ぶことになる寺田寅彦は、当時五高生であったが、しばしば漱石宅を訪れていたようである。

明治三十一年（一八九八年）頃からは、前年に創刊された雑誌『ホトトギス』に随想や小説批評などを載せていたし、漢詩つくりにも力を入れて指導者へ添削を乞うていたようである。明治三十二年（一八九九年）には長女筆子を挙げている。

明治三十三年（一九〇〇年）、文部省から英語研究のため、満二年間の英国留学を命ぜられた。同年九月、横浜から船で出発した。そして、十月末にロンドンに到着した。ロンドンでは都合五回下宿を変わったとされているが、肝心の研究のほうは特定の大学で継続して学ぶというよりも、むしろ下宿に籠城して、ひたすら本を読む生活が中心だったようである。もちろん、例えば、シェイクスピア学者として著名なウイリャム・クレイグの個人指導なども受けてもいる。

そうした本来の目的に関わる研鑽とは別に、漱石は英国の博物館、美術館、歴史的建造物などを、極めて多く、熱心に見学もしていたようである。しかし、他方で文学研究の目的とか方法論などをめぐって随分煩悶していたことも、後の漱石の記したものから推測できる。例えば、明治三十五年（一九〇二年）九月の妻鏡子あての手紙で、「近ごろは神経衰弱にて気分勝れず、甚だ困り居候」と書いている。この頃、「夏目狂セリ」の噂が日本にまで伝わった話は有名である。なお、畏友正岡子規は、漱石留学中の明治三十五年（一九〇二年）九月十九日に亡くなっている。虚子から知らされて漱石は、〈筒袖や秋の柩にしたがはず〉という追悼の句を他の四句とともに虚子に送っている。

とまれ、留学を終えて明治三十五年（一九〇二年）十二月、帰朝の途についた。そして、翌年一月帰国したのである。明治三十六年（一九〇三年）四月には、第一高等学校教授に任ぜられるとともに、東京帝国大学文科大学でも小泉八雲の後任の講師を務めた。

ロンドン留学から帰国後も神経衰弱に悩む漱石であったが、そんな時、高浜虚子が、鏡子夫人から何とか漱石の気分転換をはかるための方策について相談を受けていたこともあり、漱石に何か文章を書くことを一生懸命に勧めたという。それで書いたのが数十枚の原稿であったという。『吾輩は猫である』の誕生である。『ホトトギス』に掲載されるや、これが爆発的な人気を博した。本来一回で終わるはずのものが、続編を書くことになった。明治三十八年（一九〇五年）のことである。またそれ以外の作品、例えば『倫敦塔』、『幻影の盾』、『琴のそら音』なども発表している。

そして、このころから漱石の門を叩く者が多くなり、しばしば文章会などを催すようになったようである。参加者には高浜虚子、寺田寅彦、森田草平、鈴木三重吉、野村伝四、小宮豊隆、松根東洋城、野上豊一郎などがいた。いわゆる漱石人脈といわれるものが形成されるはしりであろうか。

そして明治四十年（一九〇七年）、漱石に大きな転機が訪れることになる。朝日新聞社からの強い入社招請を受けてこれを承諾し、一切の教職を辞して、同年四月、朝日新聞社に小説記者として入社したのである。以後、朝日新聞に小説の連載が始まることになる。『坑夫』、『虞美人草』、『夢十夜』、『三四郎』、『永日小品』、『それから』、『門』、『彼岸過迄』、『行人』、『こころ』、『硝子戸の中』、『道草』等を次々に発表したが、『明暗』執筆中の大正五年（一九一六年）十二月九日、持病の胃潰瘍のため、遂に還らぬ人となって、ほぼ五十年の生涯に幕を閉じたのである。惜しまれた逝去であった。今は「文献院古道漱石居士」という法名で、東京池袋近くの雑司ヶ谷墓地で静かに眠っている。
蛇足ながら、漱石には小説等の著作以外に俳句も約二千五百句遺しているし、晩年には絵も習い、俳句と絵画の絶妙なコラボレーションも遺している。美術等に対する関心も旺盛であった。また少年時代から徳川の文芸にも接した漱石は、歌舞伎にも寄席にも戯作にも通じていたから、これらもまた作品の中にいろいろな形で顕れている。さらに社会的活動の一環として講演もかなり行っており、それらの中には今日においても学ぶべき内容のあるものが多いように思われる(例えば『現代日本の開花』、『私の個人主義』、『教育と文芸』等である)〔いずれも『漱石文明論集』岩波文庫版所収〕。

さて、このような漱石の足跡からも明らかなように、他の多くの作家とは少し異なる背景を持った人であることが理解できよう。つまり、漱石は作家一筋の道を歩んだのではなく、英語英文学の研究者として、また教授として従事した期間が、作家として生きた時期より長いということである。しかも、作家としての活動に、そうした学問研究活動の成果を土台にしてなされた部分が大きいということである。異色の作家と言えよう。

このような背景を持って生きた漱石について、平川祐弘氏は次のように述べられている。それを紹介して締めくくりとしたい。

「夏目漱石は単なる文士ではない。森鷗外と並んで、漱石は文士以上の知識人であった。その意味は、非西洋の国日本で生まれて、西洋を貪欲に学びつつ、しかも十九世紀風の西洋本位の見方にとらわれず、また国粋主義的反動に陥らず、自分たちが進むべき路を、その文筆活動によって示そうとしたからである。」（同著『内と外からの夏目漱石』一頁）。

漱石の人間像が、この短い文章の中に実に的確に指摘されていると言えよう。

二　ピックアップ『吾輩は猫である』

1　吾輩の誕生

『吾輩は猫である』は、作家漱石の実質的なデビュー作、それも作品を「猫をして語らせる」というかなり変わったスタイルの衝撃的作品であった。かなりの長編ではあるが、最初から意図された長編ではなく、雑誌『ホトトギス』に書き継いでいる間に、結果的に長いものになったというのが真相である。したがって、作品全体を通じてのグランドデザインというものがあったわけではないし、もちろん一定の筋があるわけでもない。断片的な話が盛り沢山に連なっている風である。

作品は、吾輩の飼主の「珍野苦沙弥先生」の家族や、近所の「金田家」や「苦沙弥先生」をめぐってその家に出入りする「迷亭」とか「越智東風」、「水島寒月」、「八木独仙」などの常連たちの会話や事件について、「猫」が一人称でいろいろな感想などを述べる構成になっている。登場人物の名前からして、なにやら諧謔的である。次々に起こるエピソードに、泉の如く湧き出るような該博な知識がふんだんに取り込まれて進行する。ユーモアあり、人間観察あり、文明批評あり、と多面的な視点に立った話がぎっしり詰まっている小説と言えようか。話の部分によっては、いささか饒舌の過ぎるきらいのあるところもないわけではないが、逆に、そこにこそ、この作品の特質があると見るべきなのが正しいのかもしれない。

最近、『吾輩はユーモアである―漱石の誘笑パレード―』（岩波書店、二〇一三年）という本が中村明氏によって公刊された。『吾輩は猫である』の全編について、そこに展開されるユーモア表現を子細に分析鑑賞され、それを体系化してあざやかにまとめておられる。文体論、表現論研究の第一人者とされるだけあって、濃密な解説となっている。

さて、以下では『吾輩は猫である』の中から私の特に好きな場面（文章）のいくつかをピックアップして、断片的ではあるが、それらを紹介してみることにしたい。

初めに、「吾輩」がどうして「珍野苦沙弥先生」宅のメンバーになったのかについて、その経緯を簡単に説明しておこう。どこで生まれたかはわからないが、薄暗いじめじめした所で書生という人間を初めて見た。その時、人間の顔のつくりの妙なるものを感じた。この書生の手から放たれ藁の上から笹原に棄てられた。どうしていいかわからない。路頭に迷いつつ食べ物のあるところに行こうと決めて人間臭いところへ出て、竹垣の崩れた穴からある邸宅に入った。

腹は減る、寒さは寒し、雨は降る、もう一刻の猶予も許されない、という状況で屋内に入る。その家のおさん（家事手伝い）に出会う。乱暴に放り出された。再び入る。おさんはまた放る。これの繰り返しであった。最後につまみ出されようとした時に、この家の主人が「騒々しい何だ」と云いながら出てきた。おさんから事の経緯を聞いた主人は、「そんなら内へ置いてやれ」と云った。かくして、吾輩は遂にこの家を自分の住家と決めることにした、という次第である。だから主人は吾輩の救世主なのである。

2　吾輩と朋友三毛子との会話

さて、最初はこの小説の第二に出てくる場面である。時期は正月である。名前はまだない「吾輩」が台所にあった餅に手を出し、それが口から離れず悪戦苦闘した挙句、家人に見つかり、主人の忠告でやっとおさんに餅を取り除いてもらい、危うく難を逃れた。

この話は実際に夏目家の明治三十七年（一九〇四年）の正月にあったことのようであり、それがベースになっている（夏目鏡子述『漱石の思い出』文春文庫一六〇頁）。吾輩は難は逃れたものの、お陰で気分はよろしくなかった。その嫌な気分転換のために、近くに住む異性の朋友三毛子を訪れた。三毛子の飼主は二絃琴の御師匠さんである。吾輩と違い、三毛子は御師匠から大事にされ、正月でもあることからきれいに御化粧もしてもらい、鈴か何かを首にかけてもらい「ちゃらちゃら」鳴らしている。あなたのうちの御師匠さんは大変あなたを可愛がっているると見えますね、とわが身に引き比べ暗に欣羨《きんせん》の意を漏らしている。そして、「一体あなたの所の御主人は何ですか」、「その御身分は何なんです。いずれ昔しは立派な方なんでしょうな」と三毛子に問う場面である。

障子の内で御師匠さんが二絃琴を弾き出す。「宜《い》い声でしょう」と三毛子は自慢する。「宜いようだが、吾輩にはよくわからん。全体何というものですか」「あれ?あれは何とかってものよ。御師匠さんはあれが大好きなの。……御師匠さんはあれで六十二よ。随分丈夫だわね」。六十二で生きている位だから丈夫といわねばなるまい。吾輩は「はあ」と返事をした。少し間が抜けたようだが、別に名答も出て来なかったから仕方がない。「あれでも、もとは身分が大変好かったんだって。いつでもそう仰しゃるの」「へえ元は何だったんです」「何でも天璋院《てんしょういん》様の御祐筆《ごゆうひつ》の妹の御嫁に行った先の御っかさんの甥の娘なんだって」「何ですって?」「あの天璋院様の御祐筆の妹の御嫁にいった……」「なるほど。少し待って下さい。天璋院様の妹の御祐筆の……」「あらそうじゃないの、天璋院様の御祐筆の妹の……」「よろしい分かりました天璋院様のでしょう」、「ええ」、「御祐筆のでしょう」「そうよ」「御嫁に行った」「妹の御嫁に行ったですよ」「そうそう間違った。妹の御嫁に入った先の」「御っかさんの甥の娘なんですとさ」「御っかさんの甥の娘なんですか」「ええ。分かったでしょう」「いいえ。何だか混雑して要領を得ないですよ。詰るところ天璋院様の何になるんですか」「あなたもよっぽど分からないのね。だから天璋院様の御祐筆の妹の御嫁に行った先の御っかさんの甥の娘なんだって、先っきから言ってるじゃありませんか」「それはすっかり分かっているんですがね」「それが分かりさえすればいいんでしょう」「ええ」と仕方がないから降参した。われわれは時とすると理詰の虚言《うそ》を吐かねばならぬ事がある。（岩波文庫版四三頁以下）

三毛子の話に基づいて関係者の身分関係図でも書こうとして、こちらも混乱に巻き込まれて、思わず笑いがこみ上げてくる場面である。まるで寄席で漫才か落語でも聞いているような感覚になる。漱石が落語好きであったことはよく知られており、『三四郎』の中にも、友人の与次郎が三四郎を寄席に連れていく場面などもある。また、講演の際に、落語で聞いた話なども取り入れていることもある。いずれにせよ、これに類したシーンは随所に出てくるが、漱石は性格的にも本来ユーモアのセンスにも長けていたと思われるので、この辺りの構成はすらすらと筆が運んだのであろう。われわれは時とすると理詰のうそをつかねばならぬ事がある、と締めくくるところなどは、問わず語りに思わず頷きそうである。

ちなみに、「天璋院様」とは鹿児島の島津家の娘で篤姫としてもよく知られているが、将軍家の徳川家定に嫁いだ人で、家定の没後、髪を下ろして仏門に入り、天璋院と称した。また、

「祐筆」とは武家の職名で、貴人に侍して文書を書くことをつかさどった人のことを言う。

ここに紹介したシーンについて、作家の森まゆみさんは、「二十数年、聞き書きをしていると本当にこの手の話多いんだもの、このくだり、好きだなあ」と記しておられる（同著『千駄木の漱石』一四二頁）。

3　言葉の定義と理屈についての吾輩の高見

さて、次は第四の冒頭部分である。吾輩の住処の近くに、「寒月」と、そこの娘と縁談がある、金田という文字通りの金持ちの家がある。吾輩は、時折その金田の屋敷に忍び込んで、わが主の苦沙弥先生のことなどについて、そこでどんな評判をしているか情報探索に赴くのである。

例によって金田邸へ忍び込む。例によってとは今更解釈する必要もない。しばしばを自乗したほどの度合を示す語《ことば》である。一度遣《や》った事は二度遣りたいもので、二度試みた事は三度試みたいのは人間にのみ限らるる好奇心ではない、猫といえどもこの心理的特権を有してこの世界に生れ出でたものと認定して頂かねばならぬ。三度以上繰返す時始めて習慣なる語を冠せられて、この行為が生活上の必要と進化するのもまた人間と相違はない。

（岩波文庫版一三二頁）

「例によって」ということの意味を、まず諄々と説くのである。日ごろ、あまりその語の意味などを詮索するまでもないと思っていても、いざ言葉を代えてその意味を説明しろと言われたとする。せいぜい「いつものとおり」程度の言葉しか浮かばないのが落ちである。もっとも、それは私に関する限りのことではある。しかし、吾輩にこのように説かれてみると、なるほど納得できる完璧な定義づけである。「しばしばを自乗したほどの度合を示す言葉」とは言い得て妙である。まして、「三度以上繰返す時始めて習慣なる語を冠せられて、この行為が生活上の必要と進化する」と念を押されると、これはもう全面降伏とならざるを得ない。

しかし、ここでの本丸は、むしろこの文の後半である。つまり、「忍び込む」という言葉を使うことについての釈明、というより論証と言ったほうが適当かも知れない。それについて、まず、次のように「忍び込む」という行為について軽くジャブを繰り出す。

忍び込むというと語弊がある、何だか泥棒か間男《まおとこ》のようで聞き苦しい。吾輩が金田邸へ行くのは、招待こそ受けないが、決して鰹の切り身をちょろまかしたり、眼鼻が顔の中心に痙攣的に密着している狆《ちん》君などと密談するためではない。——何探偵？——以ての外の事である。凡《およ》そ世の中に何が賤《いや》しい家業だといって探偵と高利貸ほど下等な職はないと思っている。なるほど寒月君のために猫にあるまじきほどの義侠心《ぎきょうしん》を起して、一度《ひとたび》は金田家の動静を余所《よそ》ながら窺《うかが》った事はあるが、それはただの一遍で、その後は決して猫の良心に恥ずるような陋劣《ろうれつ》な振舞を致した事はない。——そんなら、何故忍び込むというような胡乱《うろん》な文字を使用した？——さあ、それが頗る意味のある事だて。

ときて、いよいよ次のような強烈なパンチを展開するのである。

　元来吾輩の考によると大空《たいくう》は万物を覆《おお》うため大地は万物を載せるために出来ている——如何に執拗《しつおう》な議論を好む人間でもこの事実を否定する訳には行くまい。さてこの大空大地を製造するために彼ら人類はどの位の労力を費やしているかというと尺寸《せきすん》の手伝もしておらぬではないか。自分が製造しておらぬものを自分の所有と極《き》める法はなかろう。自分の所有と極めても差し支ないが他の出入を禁ずる理由はあるまい。この茫々《ぼうぼう》たる大地を、小《こ》賢《ざか》しくも垣《かき》を囲《めぐ》らし棒杭《ぼうぐい》を立てて某々所有地などと劃《かく》し限るのはあたかも蒼天《そうてん》に縄張して、この部分は我の天、あの部分は彼の天と届け出るような者だ。もし土地を切り刻んで一坪いくらの所有権を売買するなら我らが呼吸する空気を一尺立方に割って切売をしても善《い》い訳である。空気の切売が出来ず、空の縄張が不当なら地面の私有も不合理ではないか。如《にょ》是観《ぜかん》によりて如是法を信じている吾輩はそれだからどこへでも這入《はい》って行く。（岩波文庫版一三三頁)。

忍び込みの正当性が論証されているのである。

なお、「如是観によりて如是法を信じる」とは、「こういう観点からこういう理屈を信じているの意」と説明されている(同文庫五二八頁注一三三)。

これは痛烈な文明批評である。土地の私的所有権是認の理論には、まるで正当な根拠のないことを論破しているではないか。私のように、土地などそれこそ「猫の額」ほどのものも所有していない人間から見れば、吾輩の主張に快哉《かいさい》を叫び、思わずエールを送りたくなるのである。

かつて司馬遼太郎さんが、あの不動産バブルで喧騒な世の中になっていた頃、熱心に「土地公有論」を展開されていた。土地問題が国民経済を荒らし回って、このままでは資本主義も成立しなくなってしまうという危機感があったからである。資本主義とは、物をこしらえて売って成立するもので、思惑で土地を買って儲けてするようなものではない、というわけである(司馬遼太郎全講演[2]『土地問題を考える』朝日文庫二九頁、及び、同対談集『土地と日本人』中公文庫一一頁等)。

資本主義とは、「物をこしらえて売って成立するもの」という言葉の端からも分かるように、自分が製造しておらぬものを自分の所有と決める法はなかろう、というところで吾輩の論理と結合するのである。明治の御世における吾輩のこの語りは、まさに烱眼《けいがん》というほかない。

作家の森まゆみさんも、吾輩のここでの主張の賛同者の一人である。その一文を紹介しておこう。「バブルの頃、地価がどんどん上がり、少しでも高く売ろうという地主、転売して儲けようとする地上げ屋、泣く泣く追い立てられる借家人、そこにマンションを作って高く売ろうとする業者の狂騒を見ていた頃、心の支えになった漱石の文明批評である。そうだ、大地は万人のものだ」（同著『千駄木の漱石』一六五頁）。

4　泥棒物語

次は第五にある話である。明治三十八年（一九〇五年）四月に、漱石の家に泥棒が入るという事件があった。鏡子夫人が『漱石の思い出』（文春文庫）にも書いている。「私は明け方近くなって、抱いていて添え乳をしていた赤ちゃんが目をさまして乳を呑むので、私も目がさめました。なんとなく様子が変なので……」と、事の経緯がかなり詳しく書かれている。警察に被害届けを出して、やがて犯人は挙《あ》がり、盗まれた物も返ってくるのであるが、この事件を題材にして「吾輩」が詳しく一部始終を語っている。その一部分を紹介してみよう。少し長くなるが、会話を吟味しながらその経緯を追って欲しい。

場面は、事件の起こった翌朝、主人夫婦が巡査と対談をしているところから始まる。

「それでは、ここから這入って寝室の方へ廻ったんですな。あなた方は睡眠中で一向気がつかなかったのですな」

「ええ」と主人は少し極りがわるそうである。

「それで盗難に罹《かか》ったのは何時頃ですか」と巡査は無理な事を聞く。時間が分る位なら何にも盗まれる必要はないのである。それに気が付かぬ主人夫婦はしきりにこの質問に対して相談をしている。

「何時頃かな」

「そうですね」と細君は考える。考えれば分かると思っているらしい。

「あなたは夕べ何時に御休みになったんですか」

「俺の寝たのは御前よりあとだ」

「ええ私の伏せったのは、あなたより前です」

「眼が覚めたのは何時だったかな」

「七時半でしたろう」

「すると盗賊の這入ったのは、何時頃になるかな」

「なんでも夜なかでしょう」

「夜中は分かりきっているが、何時頃かというんだ」

「慥《たし》かなところはよく考えて見ないと分かりませんわ」と細君はまだ考えるつもりでいる。

巡査はただ形式的に聞いたのであるから、いつ這入《はい》ったところが一向痛痒《つうよう》を感じないのである。嘘でも何でも、いい加減な事を答えてくれれば宜《よ》いと思っているのに主人夫婦が要領を得ない問答をしているものだから少々焦《じ》れたくなったと見えて、

「それじゃ盗難の時刻は不明なんですな」というと、主人は例の如き調子で、

「まあ、そうですな」と答える。巡査は笑いもせずに、

「じゃあね、明治三十八年何月何日戸締りをして寝たところが盗賊が、どこそこの雨戸を外してどこそこに忍び込んで品物を何点盗んで行ったから右告訴及候也という書面を御出しなさい。届ではない告訴です。名宛はない方がいい」

「品物は一々かくんですか」

「ええ羽織何点代価いくらという風に表にして出すんです。——いや這入って見たって仕方がない。盗《と》られたあとなんだから」と平気な事をいって帰って行く。

主人は筆硯《ふですずり》を座敷の真中へ持ち出して、細君を前に呼びつけて「これから盗難告訴をかくから、盗られたものを一々いえ。さあいえ」とあたかも喧嘩でもするような口調でいう。

「あら厭《いや》だ。さあいえだなんて、そんな権柄《けんぺい》ずくで誰がいうもんですか」と細帯を巻き付けたままどっかと腰を据える。

「その風はなんだ。宿場女郎の出来損い見たようだ。なぜ帯をしめて出て来ん」

「これで悪るければ買って下さい。宿場女郎でも何でも盗《と》られりゃ仕方がないじゃありま

せんか」

「帯までとって行ったのか、苛《ひど》い奴だ。それじゃ帯から書き付けてやろう。帯はどんな帯だ」

「どんな帯って、そんなに何本もあるもんですか、黒繻子《くろじゅす》と縮緬《ちりめん》の腹合せの帯です」

「黒繻子と縮緬の腹合せの帯一筋—価《あたい》はいくら位だ」

「六円位でしょう」

「生意気に高い帯をしめてるな。今度から一円五十銭位のにして置け」

「そんな帯があるものですか。それだからあなたは不人情だというんです。女房なんどは、どんな汚《きた》ない風をしていても、自分さい宜《よ》けりゃ、構わないんでしょう」

「まあいいや、それから何だ」

「糸織の羽織です、あれは河野の叔母さんの形身《かたみ》にもらったんで、同じ糸織でも今の糸織とは、たちが違います」

「そんな講釈は聞かんでもいい。値段はいくらだ」

「十五円」

「十五円の羽織を着るなんて身分不相当だ」

「いいじゃありませんか、あなたに買って頂きゃあしまいし」

「その次は何だ」

「黒足袋が一足」

「御前のか」

「あなたんでさあね。代価が二十七銭」

「それから？」

「山の芋が一箱」

「山の芋まで持って行ったのか。煮て食うつもりか、とろろ汁にするつもりか」

「どうするつもりか知りません。泥棒の所へ行って聞いていらっしゃい」

「いくらするか」

「山の芋のねだんまでは知りません」

「そんなら十二円五十銭位にして置こう」

「馬鹿々々しいじゃありませんか、いくら唐津から掘って来たって山の芋が十二円五十銭して堪《た》まるもんですか」

「しかし御前は知らんというじゃないか」

「知りませんわ、知りませんが十二円五十銭なんて法外ですもの」

「知らんけれども十二円五十銭は法外とは何だ。まるで論理に合わん。それだから貴様はオタンチン・バレオロガスだというんだ」

「何ですって」

「オタンチン・パレオロガスだよ」

「何ですそのオタンチン・パレオロガスっていうのは」

「何でもいい。それからあとは――俺の着物は一向出て来んじゃないか」

「あとは何でも宜う御座んす。オタンチン・パレオロガスの意味を聞かして頂戴」

「意味も何《な》にもあるもんか」

「教えて下すってもいいじゃありませんか、あなたはよっぽど私を馬鹿にしていらっしゃるのね。きっと人が英語を知らないと思って悪口を仰《おっし》ゃったんだよ」

「愚《ぐ》な事を言わんで、早くあとをいうが好《い》い。早く告訴をせんと品物が返らんぞ」

「どうせ今から告訴をしたって間に合いやしません。それよりか、オタンチン・パレオロガスを教えて頂戴」

「うるさい女だな、意味も何もないというに」

「そんなら、品物の方もあとはありません」

「頑愚《がんぐ》だな。それでは勝手にするがいい。俺はもう盗難告訴を書いてやらんから」

「私も品数を教えて上げません。告訴はあなたが御自分でなさるんですから、私は書いて頂かないでも困りません」

「それじゃ廃《よ》そう」と主人は例の如くふいと立って書斎へ這入る。細君は茶の間へ引き下がって針箱の前へ座る。両人とも十分間ばかりは何もせず黙って障子を睨《にら》め付けている。

（岩波文庫版一八三頁以下）

この後、泥棒に盗まれた山の芋の寄贈者である多々良三平君が訪ねてきて、夫婦や子どもたちとの会話が延々と続いていくが、とりあえずここまでで区切ることにしよう。

いやはや、まるで落語でも聞いているような感覚になる。巡査と主人夫婦との一見何でもない会話の中に、人間が気づかぬままに陥る錯覚のようなものがあることや、告訴の書面をつくらなければならない時でさえ、この夫婦の日常のありようがもろに顕れて、なかなかスムースに事が進まないことがなんとも可笑しくもあり、漱石と鏡子夫人の日常そのものではもちろんないにしても、それに近い夫婦像の一端が見えてくるようである。

「盗難に罹《かか》ったのは何時頃ですか」などという巡査の質問も、まさに「無理な事を聞く」ことではある。泥棒が入った時間が記憶にあるということは、彼の侵入に気づいていて初めて言えることであろう。しかし、いざ我々が現実にそのような場面に遭遇すれば、この夫婦と同じように真剣に考えてしまうのではなかろうか。考えても妥当な結論が出ないと思われる場合でも懸命に考える、という可笑しさ、は他人事ではないのである。

被害リストの作成が遅々として進まない。攻める主人と反撃する妻のせめぎあいも絶妙である。概して漱石がその作品で描く女性には、典型的な主人に対して服従専一というタイプはほとんどいないように思われる。とにかく、硬軟の差こそあれ、一本心棒がしっかり貫かれている女性がほとんどであると私には見える。でなければ、盗まれた山芋を泥棒は煮て食うつもりか、とろろ汁にするつもりか、と主人に聞かれて、泥棒がどこの某かも分からない時に、「どうするつもりか知りません。泥棒の所へ行って聞いていらっしゃい」などというきつい反論は無理というものであろう。論理に合わない受け答えをする妻に「オタンチン・パレオロガス」などという意味不明の言葉でくさして、ついに告訴書面づくりは暗礁に乗り上げる。いずれにしても、機知というか頓智に富んだ、テンポのよい会話は楽しい。

ちなみに、「オタンチン・パレオロガス」の意については、岩波文庫の（注）によれば、間抜けの意の江戸俗語オタンチンに、東ローマ皇帝コンスタンチン・パレオロガスを組み合わせた洒落と説明されている。

この泥棒物語には後日譚《ごじつたん》がある。泥棒に入られて一週間後に警察から人が来て、泥棒が捕まったから、明日の朝、浅草の日本堤警察署に出頭せよとのこと、その際、巡査と一緒にいた泥棒君（若いいやにやさ男だったらしい）を刑事と勘違いして、主人夫婦がその男に丁寧にお辞儀したという。思わずにやりとしてしまうが、泥棒君は懐手をしているのであるから刑事でないことは分かりそうなものであるが、このあたりもなんとも可笑しい場面である。

人の「みかけ」は、時として我々の人物判断に狂いを生じさせることがあるということをも教えられる場面でもある。もっとも、「この主人は当世の人間に似合わず、むやみに役人や警察をありがたがる癖がある。御上の御威光となると非常に恐ろしいものと心得ている」からこういう失敗をするのだと吾輩は説明している（岩波文庫版三六四頁）。

その後、警察署に盗まれた品物を引き取りに行くと（贓品《ぞうひん》はいったん質屋に入れてあったのを受け出して、それを古着屋に売ったところから足がついたようである）、なにもかもがきれいになっていたという。漱石の一張羅の綿入れが対の袷に縫い直されていたり、鏡子夫人の普段着も丁寧に洗い張りがしてあって、すぐに縫えるようになっていたという。こんな調法な泥棒なら申し分がないので、一年にいっぺんぐらいずつ入ってくれるとありがたいなどと語り合っていたという（夏目鏡子述『漱石の思い出』一六八頁）。

いささかオーバーラン気味ではあるけれど、話のおちとしては文句なしというところであろうか。

5　吾輩の新運動論「松滑り」

次は吾輩の運動論である。第七話にある。吾輩の新式運動なるものについて、興味尽きない話が延々と展開される。猫の特性・習性に鋭い分析を加えて、吾輩の日常の運動なるものの内実を次々と明らかにしていく。そこには、例によって（文字通り、しばしばを自乗したほどの度合いで）なるほどと思わせられる事柄が、ウイットに富んだ論拠を示しつつ説述されている。

新式運動なるものには、蟷螂《とうろう》狩り、蝉捕《せみと》り、そして松滑り、垣巡りと展開していくのであるが、ここでは「松滑り」の部分を取り上げてみよう。まずは、「目から鱗が落ちる」ような吾輩の博学・気焔に接していただきたい。

松滑りというと松を滑るように思うかも知れんが、そうではないやはり木登りの一種である。ただ蝉取りは蝉を取るために登り、松滑りは、登る事を目的として登る。これが両者の差である。元来松は常盤《ときわ》にて最明寺の御馳走をしてから以来今日に至るまで、いやにごつごつしている。従って松の幹ほど滑らないものはない、手懸りのいいものはない、足懸りのいいものはない。――換言すれば爪懸りのいいものはない。その爪懸りのいい幹へ一気呵成《いっきかせい》に駆《か》け上がる。駆け上がって置いて駆け下がる。駆け下がるには二法ある。一はさかさになって頭を地面へ向けて下りてくる。一は上《のぼ》ったままの姿勢をくずさずに尾を下にして降《お》る。人間に問うがどっちが六ずかしいか知ってるか。人間の浅墓な了見では、どうせ降りるのだから下向に駆け下りる方が楽だと思うだろう。それが間違ってる。君らは義経が鵯越《ひよどりごえ》を落としたことだけを心得て、義経でさえ下を向いて下りるのだから猫なんぞは無論下た向きで沢山だと思うのだろう。そう軽蔑《けいべつ》するものではない。猫の爪はどっちへ向いて生えていると思う。みんな後ろへ折れている。それだから鳶口《とびぐち》のように物をかけて引き寄せる事は出来るが、逆に押し出す力はない。今吾輩が松の木を勢よく駆け登ったとする。すると吾輩は元来地上の者であるから、自然の傾向からいえば吾輩が長く松樹の巓《いただき》に留《とどま》るを許さんに相違ない。ただ置けば必ず落ちる。しかし手放しで落ちては、あまりに早過ぎる。だから何らかの手段を以てこの自然の傾向を幾分かゆるめなければならん。これ即ち降りるのである。落ちるのと降りるのは大変な違のようだが、その実《じつ》思ったほどの事ではない。落ちるのを遅くすると降りるので、降りるのを早くすると落ちる事になる。落ちると降りるのは、ちとりの差である。吾輩は松の木の上から落ちるのはいやだから、落ちるのを緩《ゆる》めて降りなければならない。即ちあるものを以て落ちる速度に抵抗しなければならん。吾輩の爪は前申す通り皆後ろ向きであるから、もし頭を上にして爪を立てればこの爪の力は悉《ことごと》く、落ちる勢に逆《さか》って利用出来る訳である。従って落ちるが変じて降りるになる。実に見やすき道理である。しかるにまた身を逆《さか》にして義経流に松の木越をやって見給え。爪はあっても役には立たん。ずるずる滑って、どこにも自分の体重を持ち答える事は出来なくなる。是《ここ》においてか折角降りようと企てた者が変化して落ちる事になる。この通り鵯越は六ずかしい。猫のうちでこの芸が出来る者は恐らく吾輩のみであろう。それだから吾輩はこの運動を称して松滑りというのである。(岩波文庫版二五四頁)

松の幹ほど滑らないものはない、手懸りのいいものはない、足懸りのいいものはない、爪懸りのいいものはない、と存分に念押しされると、松の滑りにくさのほどは十分過ぎるくらい納得できる。その爪懸りの良さを利して一気呵成に駆け上がる。問題はその後である。駆け上がったままでいる訳には行かないから、今度は駆け下りることになる。その際、頭を地面に向けて下りるのと、上がったままの姿勢をくずさずに尾を下にして降りるのと、どちらが六ずかしいか知っているか、と人間に問う。つまりは、どちらの降り方が吾輩にとって選ぶべき手段方法かということである。ちなみに、この問題を私の家族にしてみたところ、それは、当然さかさになって降りてくるほうであろうという答えであった。義経の鵯越えのイメージがあったかどうかは定かではない。しかし、この答えでは、吾輩の推測どおりの浅はかな了見の保持者ということになる。かく言う私も、猫の爪がどんな構造になっているかをしかと確認した経験がないので、似たりよったりの考えであった。

確かに、吾輩の説く如く猫の爪はみんな後ろへ折れているのであれば、物を引き寄せる事は出来ても、逆に押し出す力はないことになる。そのような論拠であれば、頭を上にして爪を立てれば、この爪の力は落ちる勢いに逆らって利用出来るので、落ちることはなく降りることになるわけである。逆に、さかさになって降りれば爪の効用は生かせないから、自然落ちてしまうことになる。つまり、落ちることになる。そこから、一つの真理・定義が生まれる。つまり、落ちると降りるは大変な違いのようであるが、実はそれほどではないという。（落ちるのを遅くすると降りるので、降りるのを早くすると落ちることになる）というわけである。両者の差は、ちとりの差ということになる。

間然《かんぜん》するところのない論理である。恐れ入りましたというほかない。もっとも、日常、猫が地上を徘徊しているところや、家の塀、垣根の上などで薄目を開けてあたりを睥睨《へいげい》している場面には往々出くわすことはあるけれども、木の上にいるのは殆ど見たことはない。それは、彼らにとって、木の上で過ごすことは恒常的なことではないことを示すものかも知れない。だから、吾輩の言うごとく、この芸ができるのは彼のみということになるのであろう。新式運動なる所以である。

こういう楽しい講釈を聞かされると、それでは木に登ることを習慣化ないしは可能としている動物たち（例えば栗鼠など）の爪の構造はどうなっているのだろうかと気になってくる。広辞苑を見ても、動物たちの爪にまでは言及していないので、いずれ図書館にでも行って、動物図鑑でも調べてみようかなどと啓発されている。

なお、吾輩のこのほかの新式運動である蟷螂《とうろう》狩り、蝉取り、垣根巡りなどについても、その対象との関係で、実に精緻な動きと効果が語られていて、思わず頷きながら引き込まれていく語りが展開されているので、そのあたりも是非お楽しみいただきたい（岩波文庫版二四九頁以下）。

6　吾輩の主人観

次は、第九話の一部である。吾輩の人間観察、とりわけ主人の珍野苦沙弥先生の日常をつぶさに観察している吾輩の、ある日の苦沙弥先生に対する人物評などを中心とした語りに耳（目？）を傾けてみることにしよう。場面は、先生宛ての郵便が三通来たと、おさん（家事手伝い）が先生の書斎に持ってきたところからスタートする。

第一信は、日露戦役の勝利を祝して、帰還する兵士に謝意を表わすための祝賀会への義捐《ぎえん》の依頼である。主人は、黙読一巡の後、直ちに封の中へ巻き納めて知らん顔をしている。義捐などは、恐らくしそうにない。差出人は華族様である。

第二信は、裁縫学院の校長からの寄付依頼である（ある書物の購入依頼であるが、その購入代金を校舎建築費に充当する趣旨が述べられている）。主人は、この鄭重なる書面を、冷淡に丸めてぽんと屑籠の中へ抛《ほう》り込んだ。

第三信である。これが、頗る風変わりの光彩を放っている。差出人は、（在巣鴨　天道公平再拝、）とある。内容は意味不明で、頗る分かりにくいものである。ところが、先生は何回も何回も読み返している。その所作を観察しつつ、吾輩は次のように語るのである。

寄付金の依頼ではないがその代わり頗《すこぶ》る分かりにくいものだ。どこの雑誌へ出しても没書になる価値は充分あるのだから、頭脳の不透明を以て鳴る主人は必ず寸断《ずたずた》々々に引き裂いてしまうだろうと思の外、打ち返し打ち返し読み直している。こんな手紙に意味があると考えて、あくまでその意味を究《きわ》めようという決心かも知れない。およそ天地の間にわからんものは沢山あるが意味をつけてつかないものは一つもない。どんなむずかしい文章でも解釈しようとすれば容易に解釈の出来るものだ。人間は馬鹿であるといおうが、人間は利口であるといおうが手もなくわかる事だ。それどころではない。人間は犬であるといっても豚であるといっても別に苦しむほどの命題ではない。山は低いといっても構わん、宇宙は狭いといっても差し支はない。烏が白くて小町が醜婦で苦沙弥先生が君子でも通らん事はない。だからこんな無意味な手紙でも何とか蚊とか理屈さえつければどうとも意味はとれる。ことに主人のように知らぬ英語を無理矢理にこじ附けて説明し通して来た男はなおさら意味をつけたがるのである。天気の悪るいのに何故グード・モーニングですかと生徒に問われて七日間考えたり、コロンバスという名は日本語で何といいますかと聞かれて三日三晩かかって答を工夫する位な男には、干瓢の酢味噌が天下の士であろうと、朝鮮の仁参《にんじん》を食って革命を起こそうと随意な意味は随処に湧き出る訳である。

主人は暫らくしてグード・モーニング流にこの難解の言句《ごんく》を呑み込んだとみえて「なかなか意味深長だ。何でもよほど哲理を研究した人に違いない。天晴《あっぱれ》な見識だ」と大変賞賛した。この一言でも主人の愚なところはよく分かるが、翻って考えて見ると聊《いささ》か尤もな点もある。主人は何に寄らずわからぬものをありがたがる癖を有している。これはあながち主人に限ったことでもなかろう。分からぬ所には馬鹿に出来ないものが潜伏して、測るべからざる辺には何だか気高《けだか》い心持が起こるものだ。それだから俗人はわからぬ事をわかったように吹聴するにもかかわらず、学者はわかった事をわからぬように講釈する。大学の講義でもわからん事を喋舌《しゃべ》る人は評判がよくってわかる事を説明する者は人望がないのでもよく知れる。主人がこの手紙に敬服したのも意義が明瞭であるからではない。その主旨が那辺《なへん》に存するか殆んど捕えがたいからである。急に海鼠《なまこ》が出て来たり、せつな糞が出てくるからである。だから主人がこの文章を尊敬する唯一の理由は、道家《どうけ》で「道徳経」を尊敬し、儒家《じゅか》で「易経《えききょう》」を尊敬し、禅家《ぜんけ》で「臨済録《りんざいろく》」を尊敬すると一般で全く分からんからである。但し全然分らんでは気が済まんから勝手な註釈をつけてわかった顔だけはする。わからんものをわかったつもりで尊敬するのは昔から愉快なものである。——主人は恭しく八分体の名筆を巻き納めて、これを机上に置いたまま懐手をして瞑想《めいそう》に沈んでいる。

(岩波文庫版三四四頁)

このパートは、苦沙弥先生が、意味不明の文章が羅列している書面を丹念に読み解こうとしてやっと辿り着いた結論が、「なかなか意味深長だ。何でもよほど哲理を研究した人に違いない。天晴な見識だ」と賞賛したのを見て、吾輩がこの一言でも主人が愚なところはよく分かると、一つの結論を出した上で、しかし、このように意味不明の書面を賞賛する行為は、考えて見ると尤もな点もあると、若干情状酌量するところが、いわばコアなのである。

つまり、主人は何に寄らずわからぬものをありがたがる癖を持っている。しかも、それはあながち主人に限ったことでもなかろう、と世の中にもこれに類する人は、その割合こそ明らかではないにしても、相当数存在しているのであろうと言外に仄《ほの》めかしているのである。人間観察、社会批評たる所以である。そして、この指摘はかなりの割合で正鵠《せいこく》を射ているのではなかろうかと思われるのである。では、なぜそのような人がいるのか？　といえば、吾輩の説くところによれば、「わからぬ所には馬鹿にできないものが潜伏して、測るべからざる辺は何だか気高い心持が起こるものだ」から、というわけである。

つまり、文章でいうなら、難解で意味の分かりにくいものには、何か自分では気のつかない深遠な意味が含まれているような気がして、立派なものだと思ってしまうということであろう。そして、場合によっては、そこで「わかったような風を装う」のである。だから、俗人はわからぬ事をわかったように吹聴するにもかかわらず、「学者はわかった事をわからぬように講釈する」し、「大学の講義でもわからん事を喋舌る人は評判がよくてってわかる事を説明する人は人望がない」のでもよくわかるという。ただ、「全然分らんでは気が済まんから勝手な註釈をつけてわかった顔だけはする」のだと。

そして、吾輩は「わからんものをわかったつもりで尊敬するのは昔から愉快なものである」とKOパンチで締めくくるのである。大学という世界に少し身を置いた経験からしても、ここでの語りの一部には思い当たることがないわけではない。それはともかくとして、人間は、時として見栄や虚栄を張らなければならない時もあることも確かなので、ここでの人間観察には頷《うなず》かざるを得ない人が結構いるのかも知れない。もっとも、このように他人事のような感想をもらすのは、文字通り顧り見て他をいうようでもあるから、この辺りで止めておきたい。

7　夫婦・家族関係の予見

さて、『吾輩は猫である』の名場面のピックアップも、今回で終わりとすることにしたい。この小説の再終話である。苦沙弥先生、寒月、独仙、東風などのほぼオールキャストによる夫婦論、女性論等が華々しく展開する場面である。水島寒月が、以前、結婚の話のあった金田の娘ではなく故郷の女性と結婚したが、この段階では、一座の皆の衆はそれを知らなかった。そして、独仙君の寒月君に対する次の質問から、談論風発《だんろんふうはつ》が始まる。少し長いが、熟読していただきたい。ちなみに、ここでは吾輩の影は薄く、漱石自身が身を乗り出して論じている趣が強い。

「たとえばですね。今苦沙弥君か迷亭君が、君が無断で結婚をしたのが穏当でないから、金田とかいう人に謝罪しろと忠告したら君どうです。謝罪する了見ですか」
「謝罪は御容赦にあずかりたいですね。向うがあやまるなら特別、私の方ではそんな慾はありません」

「警察が君にあやまれと命じたらどうです」

「なおなお御免蒙ります」

「大臣とか華族ならどうです」

「いよいよ以て御免蒙ります」

「それ見玉え。昔と今とは人間がそれだけ変ってる。昔は御上《おかみ》の御威光なら何でも出来た時代です。その次には御上の御威光でも出来ないものが出来てくる時代です。今の世はいかに殿下でも閣下でも、ある程度以上に個人の人格の上にのしかかる事が出来ない世の中です。はげしくいえば先方に権力があればあるほど、のしかかられるものの方では不愉快を感じて反抗する世の中です。だから今の世は昔しと違って、御上の御威光だから出来ないのだという新現象のあらわれる時代です。昔しのものから考えると、殆んど考えられない位な事柄が道理で通る世の中です。世態人情の変遷というものは実に不思議なもので、迷亭君の未来記も冗談だといえば冗談に過ぎないのだが、その辺の消息を説明したものとすれば、なかなか味《あじわい》があるじゃないですか」

「そういう知己が出てくると是非未来記の続きが述べたくなるね。独仙君の御説の如く今の世に御上の御威光を笠《かさ》にきたり、竹槍の二、三百本を恃《たのみ》にして無理を押し通そうとするのは、丁度カゴへ乗って何でも蚊でも汽車と競争しようとあせる、時代遅れの頑物《がんぶつ》――まあわからずやの張本、烏金《からすがね》の長範先生位のものだから、黙って御手際を拝見していればいいが――僕の未来記はそんな当座間に合せの小問題じゃない。人間全体の運命に関する社会的現象だからね。つらつら目下文明の傾向を達観して、遠き将来の趨勢を卜《ぼく》すると結婚が不可能の事になる。驚ろくなかれ、結婚の不可能。訳はこうさ。前《ぜん》申す通り今の世は個性中心の世である。一家を主人が代表し、一郡を代官が代表し、一国を領主が代表した時分には、代表者以外の人間には人格はまるでなかった。あっても認められなかった。それががらりと変ると、あらゆる生存者が悉く個性を主張し出して、だれを見ても君は君、僕は僕だよといわぬばかりの風をするようになる。ふたりの人が途中で逢えばうぬが人間なら、おれも人間だぞと心の中《うち》で喧嘩を買いながら行き違う。それだけ個人が強くなった。個人が平等に強くなったから、個人が平等に弱くなった訳になる。人がおのれを害する事が出来にくくなった点において、慥かに自分は強くなったのだが、滅多に人の身の上に手出しがならなくなった点においては、明らかに昔より弱くなったんだろう。強くなるのは嬉しいが、弱くなるのは誰もありがたくないから、人から一毫《いちごう》も犯されまいと、強い点をあくまで固守すると同時に、せめて半毛《はんもう》でも人を侵してやろうと、弱い所は無理にも拡《ひろ》げたくなる。こうなると人と人の間に空間がなくなって、生きてるのが窮屈になる。出来るだけ自分を張りつめて、はち切れるばかりにふくれ返って苦しがって生存している。苦しいから色々の方法で個人と個人との間に余裕を求める。かくの如く人間が自業自得で苦しんで、その苦し紛れに案出した第一の方案は親子別居の制さ。日本でも山の中へ這入って見給え。一家一門《いっけいちもん》悉く一軒のうちにごろごろしている。主張すべき個性もなく、あっても主張しないから、あれで済むのだが文明の民はたとい親子の間でも御互に我儘《わがまま》を張れるだけ張らなければ損になるから勢い両者の安全を保持するためには別居しなければならない。欧州は文明が進んでいるから日本より早くこの制度が行われている。たまたま親子同居するものがあっても、息子がおやじから利息のつく金を借りたり、他人のように下宿料を払ったりする。親が息子の個性を認めてこれに尊敬を払えばこそ、こんな美風が成立するのだ。この風は早晩日本へも是非輸入しなければならん。親類はとくに離れ、親子は今日《こんにち》に離れて、やっと我慢しているようなものの個性の発展と、発展につれてこれに対する尊敬の念は無制限にのびて行くから、まだ離れなくては楽が出来ない。しかし、親子兄弟の離れたる今日、もう離れるものはない訳だから、最後の方案として夫婦が分かれる事になる。今の人の考では一所にいるから夫婦だと思っている。それが大きな了見違いさ。一所にいるためには一所にいるに充分なるだけ個性が合わなければならないだろう。昔しなら文句はないさ、異体同心とかいって、目には夫婦二人に見えるが、内実は一人前なんだからね。それだから偕老同穴《かいろうどうけつ》とか号して、死んでも一つの穴の狸《たぬき》に化ける。野蛮なものさ。今はそうは行かないやね。夫はあくまで夫で妻はどうしたって妻だからね。その妻が女学校で行燈袴《あんどんばかま》を穿いて牢乎《ろうこ》たる個性を鍛え上げて、束髪《そくはつ》姿で乗り込んでくるんだから、とても夫の思う通りになる訳がない。また夫の思い通りになるような妻なら妻じゃない人形だからね。賢夫人になればなるほど個性は凄《すご》いほど発達する。発達すればするほど夫と合わなくなる。合わなければ自然の勢《いきおい》夫と衝突する。だから賢妻と名がつく以上は朝から晩まで夫と衝突している。まことに結構な事だが、賢妻を迎えれば迎えるほど双方とも苦しみの程度が増してくる。水と油のように夫婦の間には截然《せつぜん》たるしきりがあって、それも落ちついて、しきりが水平線を保っていればまだしもだが、水と油が双方から働きかけるのだから家の中は大地震のように上がったり下がったりする。是《ここ》において夫婦雑居は御互の損だという事が次第に人間に分かってくる。……」

「それで夫婦がわかれるんですか。心配だな」と寒月君がいった。

「わかれる。きっとわかれる。天下の夫婦はみんな分かれる。今までは一所にいたのが夫婦であったが、これからは同棲しているものは夫婦の資格がないように世間から目されてくる」(岩波文庫版四九三頁以下)

この作品が書かれたのは明治三十九年(一九〇六年)である。迷亭先生の未来記は、この時点でのわが国の文明の傾向を達観して、遠き将来の趨勢を占って夫婦別居論、結婚の不可能論などを推論しているのである。平成の御世における近時の夫婦・親子等の社会的現象、例えば、家庭の破壊、夫婦の別居、離婚(婚姻期間一年以上二年未満のものが一番多い)の増加等を見れば、あながち的外れの未来記とは言えないものともなっている。しかも、それが女性の進化によるものであるとしている。その理由も、また相当の根拠として成り立ちうるものであろう。いささか極端に走ってはいるが、そこにも可笑しさともっともらしい理屈を見てとることができるのである。

その予言の背景的事情を一瞥すれば、明治に入って急速に進んだ西欧化、それは、とりわけ民法とか刑法等の基本法整備や経済活動の活発化を促す諸制度の整備等が中心ではあったが、他方で、人間の人格の独立性、個人主義という近代的な人権思想も、そうした施策に伴って、少しずつ普及の歩みを伸ばしてもいた。

加えて、漱石は英語留学の経験などから西欧の文明にも通じて、そこでの人々の生活のありようにも親炙《しんしゃ》していたという事情の存在もあると思われる。それらを基礎に、迷亭先生をして縦横に未来記を語らせているのではなかろうか。個性というものがおよそ顧みられなかった旧習下の家族・夫婦の実態から、個性に目覚めた個人、とりわけ女性のそれによる変化に着目して、大胆に未来を予測する迷亭先生の演説は、文字通り迷演説であると同時に、どこかに笑いを伴いつつも、読む者をして頷かせる部分があることも確かであると思われる。

三　漱石と美術・俳句について

1　漱石と美術について

ここでは、小説作品から離れて、「漱石と美術」について少し触れてみたい。平成二十五年（二〇一三年）七月、私は東京藝術大学大学美術館で開催されていた「夏目漱石の美術世界展」を鑑賞する機会を得た。漱石の作品には国内外のさまざまな美術作品が登場する。漱石は無類の美術愛好家であり、彼の脳裏には「漱石美術館」とでも呼びたくなるような豊饒な美術世界が広がっている（古田亮「漱石と美術」『ｋｏｔｏｂａ』第十二号一二二頁、集英社）。この美術展は、それを証明するに足りるに十分な内容のものであった。

美術と関わりの深い近代の文学者は他にも在り、例えば現在の国立博物館に当たる帝室博物館の総長も経験した森鷗外もそうである。しかし、「鷗外には美術を解剖学者の眼で分析していくドライさがあるのに対して、漱石の場合は、彼の美術世界が時としてその文学世界の中にあらわれるという親愛なる関係性をもっている」（古田亮「絵で読み解く漱石の理想の女性像と芸術観」『芸術新潮』二〇一三年六月号三六頁、新潮社）。

さて、漱石の美術体験といえば、漱石晩年の随想として記された『思い出す事など』の中の一文が浮かんでくる。「小供のとき家に五六十幅《ぷく》の画があった。ある時は床の間の前で、ある時は蔵の中で、またある時は虫干しの折に、余は交《かわ》る交《がわ》るそれを見た。そうして懸物《かけもの》の前に独り蹲踞《うずく》まって、黙然《もくねん》と時を過ごすのを楽《たのしみ》とした。今でも玩具箱を引繰り返した様に色彩の乱調な芝居を見るよりも、自分の気に入った画に対している方が遥《はる》かに心持が好い」（『文鳥・夢十夜』二三六頁・新潮文庫版）とあるように、幼い時から画に対しても強い関心があったことが窺われるのである。

しかし、漱石が美術に関する興味を湧き上がらせたのは明治三十三年（一九〇〇年）からの約二年間のロンドン留学をしていた時のことであるとされている。それは、その時の漱石の足跡を簡単にトレースしてみるだけでも納得できることである。

明治三十三年（一九〇〇年）九月に横浜港を出航し、十月十七日ナポリ着、そこで国立考古学博物館を訪れ、彫刻やポンペイ出土品を鑑賞。同月二十一日にはパリに着き、丁度開催されていたパリ万博や、万博に合わせて完成されたエッフェル塔を見学し、その際、パリに滞在中だった画家・浅井忠を訪ねている。浅井忠とはその後も交誼を重ねているし、作品の中（例えば『三四郎』）にも彼をモデルにした人物が登場する。『吾輩は猫である』の挿絵なども担当している。

同月二十八日にロンドン着。翌月には大英博物館、ナショナル・ギャラリー、ヴィクトリア・アンド・アルバート美術館を見学している。他にも国立肖像画美術館、南ロンドン美術館、カーライル博物館、ケンジントン博物館なども訪れたことがわかっている（『芸術新潮』二〇一三年六号二二頁）。

また、美術工芸雑誌「ステューディオ」も購読し、帰国後もそれが続いていたといわれている。これだけでも、漱石がなまなかの美術愛好家ではなかったことが明らかである。しかも、こうした行為は、英語研究という本来の研究目的とも必ずしも結合しているわけではない。こうした豊富な体験と探求の積み重ねが、ますます美術鑑賞の眼を肥やしていったのであろう。もっとも漱石が好んだのは、決して洋画等のみではない。日本や中国の古書画にも造詣が深かったようである。日本を代表する江戸時代の画家たちの作品も、漱石の作品、例えば『門』や『草枕』、『虞美人草』などにも多く登場することからも首肯し得ることである。

いずれにしても、このように漱石にとって「美術」は単なる趣味としての存在を超えて文学作品を通じての自己表現の一つの重要なキーワードになって行ったと見ても過言ではないように思われる。そのような意味において、前記の美術展は、漱石の眼を通して美術作品を見たり、美術作品に接して、逆に漱石の文学を読み直す契機ともなったという意味で、大変有意義なものであった。

会場では、全体を八ブロックに区分して、全部で二〇〇点余の絵画、西洋美術、古美術、文学作品と美術、漱石自筆の作品、装丁と挿画、親交の画家たちの作品等が展示されていた。これだけの作品群が揃うというのも、そう機会のあることではないと思われたので、大変貴重な体験であった。

以下では、比較的よく知られている漱石作品の中にどのような美術作品（絵画等）が、どのような場面で表れているかについて、簡単に紹介することにしよう。

『坊っちゃん』

赤シャツと野だとともに、坊っちゃんが舟で釣りに出かけたところである。

「あの松を見給え、幹が真直《まっすぐ》で、上が傘のように開いてターナーの画にありそうだね」と赤シャツが野だにいうと、野だは「全くターナーですね。どうもあの曲《まが》り具合ったらありませんね。ターナーそっくりですよ」と心得顔《こころえがお》である。ターナーとは何の事だか知らないが、聞かないでも困らない事だから黙って居た。（岩波文庫版四八頁）

ターナーはイギリスの風景画家として著名であるが、彼の作品はロンドンのティト・ギャラリーに多く収蔵されているようであり、漱石がロンドン滞在中によく訪れた場所の一つで、彼はターナーの作品が好きだったようである。美術展の会場に展示されていた絵は大きな一本の松がまるで傘のように伸びている風景画であった。漱石の脳裏に収められていたこの絵が『坊っちゃん』の中の一場面として、舟で釣りに出かけた三人の目の前に現れた無人島の松が、ターナーの絵にありそうだという話題として記されているのである。

『草枕』

冒頭の一節は、多くの人が諳じている。「山路《やまみち》を登りながら、こう考えた。智《ち》に働けば角《かど》が立つ。情《じょう》に掉《さお》させば流される。意地を通せば窮屈だ。兎角《とかく》に人の世は住みにくい。」何と名文句であろうか。短い言葉の中に人間世界の現実が詰まっているような一節である。

さて、『草枕』は画家を主人公とする作品であるが、主人公が雨宿りした茶店で那古井の嬢さま（那美さん）の嫁入りのときの様子を聞いて、

不思議な事には衣装も髪も馬も桜もはっきりと目に映じたが、花嫁の顔だけは、どうしても思いつけなかった。しばらくあの顔か、この顔か、と思案しているうちに、ミレーの書いたオフェリヤの面影《おもかげ》が忽然《こつぜん》と出て来て、高島田の下へすぽりとはまった。これは駄目だと、折角の図面を早速取り崩す。衣装も髪も馬も桜も一瞬間に心の道具立《だて》から奇麗に立

ち退いたが、オフェリヤの合掌して水の上を流れて行く姿だけは、朦朧《もうろう》と胸の底に残って、棕梠箒《しゅろぼうき》で烟《けむり》を払う様に、さっぱりしなかった。（新潮文庫版二六頁）

オフェリヤとは、シェークスピアの悲劇『ハムレット』のヒロインであるが、ミレイの描いた絵は、オフェリヤが死んで川を流れてゆく姿である。ミレイの代表作とも言われている。「水に沈みゆくオフィーリアの恍惚の表情とそれを取り巻く克明な自然描写が漱石の眼をとらえて離さなかった」（古田、前掲『芸術新潮』三七頁）。漱石は、ラファエル前派（一八四八年、イギリスの画家ロセッティ、ミレイなどが起こした芸術運動を指し、当時のアカデミックな芸術に反抗、ラファエル以前のイタリアの作家に共感したといわれるが、一九世紀末に消滅したとされている）の画家たちの作品を好んだようで、中でも、このジョン・エバァアレット・ミレイのオフェリヤはお気に入りであったようである。

また、『草枕』には、画家が那古井の宿に着き、部屋に寝ころんだとき、「横を向く。床《とこ》にかかっている若沖《じゃくちゅう》の鶴の図が目につく。─中略─若沖の図は大抵精緻な彩色ものが多いが、この鶴は世間に気兼ねなしの一筆がきで、一本足ですらりと立った上に、卵形の胴がふわっと乗っかっている様子は、甚だ吾意《わがい》を得て、瓢逸《ひょういつ》の趣は、長い嘴《はし》のさきまで籠《こも》っている。」（新潮文庫版三三頁）という一節もある。伊藤若沖は江戸中期の画家で、動植物画が得意だったとされている。『草枕』は、主人公が画家でもあることから、他にも多くの画人や美術品が登場している。

『三四郎』

広田先生の引っ越しの手伝いで本を片付ける三四郎と美禰子の会話の場面である。


美禰子は大きな画帖《がじょう》を膝の上に開いた。勝手の方では臨時雇の車夫と下女がしきりに論判している。大変騒々《そうぞう》しい。

「ちょっと御覧なさい」と美禰子が小さな声でいう。三四郎は及び腰になって、画帖の上へ顔を出した。美禰子の髪《あたま》で香水の匂いがする。

画はマーメイドの図である。裸体の女の腰から下が魚になって、魚の胴が、ぐるりと腰を廻って、向こう側に尾だけ出ている。女は長い髪を櫛《くし》で梳《す》きながら、梳き余ったのを手に受けながら、こっちを向いている。背景は広い海である。

「人魚《マーメイド》」

「人魚《マーメイド》」

頭を擦り付けた二人は同じ事をささやいた。(岩波文庫版九八頁)

この一節は、まさにイギリスの画家ウォーターハウスの描いた「人魚」そのものである。ウォーターハウスも、漱石のお気に入りの画家の一人であったようである。

『門』

宗助が叔父に預けていた父の遺品のうち、唯一残っていた屛風を叔母から返してもらうことにし、それを見る場面である。

納戸《なんど》から取り出して貰《もら》って、明るい所で眺めると、慥《たし》かに見覚えのある二枚折であった。下に萩《はぎ》、桔梗《ききょう》、芒《すすき》、葛《くず》、女郎花《おみなえし》を隙間なく描いた上に、真丸な月を銀で出して、その横の空いた所へ、野路《のじ》や空月の中なる女郎花、其一《きいち》と題してある。宗助は膝を突いて銀の色の黒く焦げた辺《あたり》から、葛の葉の風に裏を返している色の乾いた様から、大福程な大きな丸い朱の輪郭の中に、抱一《ほういつ》と行書で書いた落款《らっかん》をつくづくと見て、父の生きている当時を憶《おも》い起こさずにはいられなかった。（新潮文庫版六三頁）

酒井抱一は江戸後期の画家で、尾形光琳に私淑し、画風を発展させたと言われている。展示されていた絵は「月に秋草図屛風」であったが、それが『門』に記述されているものと同じかどうかは不明のようである。しかし、その絵が『門』の記述に極めて近いことは確かであるように見えた。漱石は、抱一の画にちなんだ俳句も詠んでいるようであり、この画家も好みの一人であったと思われる。それにしても、ある絵を見てその内容（特徴）を簡潔に、ここまで巧みに表現する力量はさすがというほかない。

『こころ』

先生の遺書の最後の部分の一節である。

私は酔興に書くのではありません。私を生んだ私の過去は、人間の経験の一部分として、私より外に誰も語り得るものはないのですから、それを偽りなく書き残して置く私の努力は、人間を知る上に於て、貴方にとっても、外の人にとっても、徒労ではなかろうと思います。渡辺崋山《かざん》は邯鄲《かんたん》という画を描くために、死期を一週間繰り延べたという話をつい先《せん》達《だっ》て聞きました。（新潮文庫版三二六頁）

渡辺崋山は、江戸後期の画家・洋学者として優れた才能を示したとされている。彼は蛮社の獄（江戸幕府が渡辺崋山や高野長英らの尚歯会［蘭学に関心を持つ人々の結成した研究会］に加えた言論弾圧事件）で蟄居を命じられ、その後自殺したとされている。

展示されていた画は「横粱一炊図」で、崋山の最後の絵とされているものであった。その際の説明によれば、「邯鄲の夢」を描いたもので、仙人に借りた枕で眠った男が、波乱に満ちた人生を全うする夢を見るが、目覚めるとまだ横粱（大粟）が炊き上がるほども時が経っていなかったという、人生の栄枯盛衰のはかなさを例える中国の故事である、という。ちなみに「邯鄲」とは、中国河北省南部の都市の地名である。

『それから』

いつかの展覧会に青木という人が海の底に立っている背の高い女を画いた。代助は多くの出品のうちで、あれだけが好い気持に出来ていると思った。つまり、自分もああ言う沈んだ落ち付いた情調に居りたかったからである。（新潮文庫版五九頁）

これは、代助が「ダヌンチオ」というイタリアの詩人が、自分の家の部屋について、青色と赤色に分けて装飾しているという話を思い出し、彼がそのような情調を好むことに違和感を覚え、自分は緑の中に頭を漂わせて安らかに眠りたいと考えつつ、そこで青木という人の画を思い出すという場面である。

ここに出てくる青木というのは、明治期の代表的な洋画家の青木繁のことである。ここで「海の底に立っている背の高い女」の絵というのは、「わだつみのいろこの宮」を指している。このほか、「海の幸」という著名な作品もあり、私も何回か接したことがあるが、大変にダイナミックな絵で、暫し離れることを許さないような魅力があったことを覚えている。漱石は、若くして逝った青木繁を、大変惜しんでいたと言われている。

さて、漱石作品の中から、絵画等の美術作品が小説の中にどう取り込まれているかについて、断片的に若干の例を見てきたが、漱石作品全体から見れば、これはまさに「大海の一滴」に過ぎない。いずれにしても、単に小説というジャンルだけでなく、漱石の遺した文学ないしは関連する作物の中には、未だ気のつかない「漱石美術館」があるのではないだろうか。

最後に、大正元年（一九一二年）の第六回文部省美術展覧会（文展）を批評した漱石の「文展と芸術」と題する小論が、当時の朝日新聞に掲載されたが、芸術に対する漱石の考えの一端を知る上で貴重な内容であると思われるので、その一部を紹介しておくことにしたい。

芸術は自己の表現に始まって、自己の表現に終わるものである。―中略―自分の冒頭に述べた信条を、外の言葉で言い易《か》へると、芸術の最初最終の大目的は他人とは没交渉であるといふ意味である。親子兄弟は無論の事、広い社会や世間とも独立した、全く個人的のめいめい丈の作用と努力に外ならんと言ふのである。他人を目的にして書いたり塗ったりするのではなくって、書いたり塗ったりしたいわが気分が、表現の行為で満足を得るのである。某所《そこ》に藝術が存在していると主張するのである。従って、純粋の意味からいふと、わが作物の他人に及ぼす影響については、道義的にあれ、美的にあれ、芸術家は顧慮し得ない筈なのである。夫《それ》を顧慮する時、彼等はたとひ一面において芸術家以外の資格を得るにせよ、芸術家としては既に不純の地位に堕在して仕舞ったと自覚しなければならないのである。悲しいかな実相を自白すると、我々は常に述作の上において、幾分か左右前後を顧みつつ、堕落的な仕事をしている場合が多い。そのうちで我々を至醇《しじゅん》の境界から誘《おび》き出さうとするもっとも権威ある魔は他人の評価である。此魔に犯されたとき我々は忽ち己れを失却してしまふ。―中略―自己を表現する苦しみは自己を鞭撻する苦しみである。乗り切るのも斃れるのも悉く自力のもたらす結果である。―中略―だから徹頭徹尾自己と終始し得ない芸術は自己に取って空虚な芸術である。（『芸術新潮』二〇一三年六月号四三頁）

自己表現ではない芸術の存在の可能性と、それの空虚さを鋭く指摘しているように思われる。権威システムの確立が目的で、個別の作品の内実など副次的にしか顧慮していないかの如き「書」に関する芸術的イベントの実態が、最近公になった例があるが、これなどは、漱石の指摘する「芸術家としては既に不純の地位に堕在してしまっている」という指摘がそのまま当てはまるようである。けだし炯眼《けいがん》というべきであろう。

また、この批評は芸術以外の分野でも通用しそうな論旨でもある。考えてみれば、漱石の生涯は「自己の表現に始まって、自己の表現に終わるものである」を貫いた人生であったと見る事ができるかも知れない。（この部分は、一般財団法人法曹会発行の『法曹』誌［平成二十五年〈二〇一三年〉十二月号」に私が「『漱石の美術世界展』を観る」と題して記したものをベースとした。）

2　漱石と俳句について

次に、漱石と俳句について少し触れてみることにしたい。漱石は近代日本の代表的作家であるが、作家になる前は、正岡子規を中心とする新派俳句の有力な俳人の一人でもあった。もちろん、近代小説家の中には、俳句を嗜《たしな》む人は多い。しかし、その代表格と言えば、やはり夏目漱石であり、芥川龍之介であるとされている。

漱石が作家としてスタートしたのは、明治三十八年（一九〇五年）の『吾輩は猫である』が雑誌『ホトトギス』に掲載され、爆発的な人気を博した時であるが、その十年以上も前から俳句を嗜んでいたようである。既に明治二十八年（一八九五年）の作に、「叩かれて昼の蚊を吐く木魚哉」というユーモラスな句がある。

漱石が俳句と関わりをもつに至るについては、正岡子規との交流が大きな機縁となっていることは明らかである。子規との交流が始まったのは明治二十二年（一八八九年）一月ころからとされているが、漱石の残した俳句で一番古い作品とされているのが、その年の作とされている「帰ろふと泣かずに笑え時鳥（ほととぎす）」である。漱石が二十二歳、第一高等中学校在学時の作である。

ここでいう「時鳥」は肺病のことで、いわば子規のことを指していると解釈されている。この年の五月に子規が喀血したときに、彼への激励の意味で作った句のようである（坪内稔典『俳人漱石』二頁、岩波新書）。時鳥は、この頃、肺病の代名詞だったのである。時鳥は鳴くとき、赤い咽が見えて、まるで血を吐いているようだ、と言われていることから、そこにヒントを得て作句したのであろう。

漱石は、斬新かつ滑稽味溢れる句作を得意とする、子規率いる日本派俳人の一員であった。新聞『日本』において連載した「明治二十九年の俳諧」において、子規は、漱石を虚子、碧梧桐、露月、紅禄、霽月らに次ぐ新派俳人として紹介し、「狸化けぬ柳枯れぬと心得て」と滑稽思想、「凩《こがらし》や海に夕日を吹き落す」の雄健さを説いている（虚子記念文学館報第二十二号二頁）。このように見てみると、漱石の俳句への関心も、かなり早い時期から芽生えていたようにも窺われるのである。

しかし、漱石の俳句熱がより一段と旺盛になるのは、明治二十八年（一八九五年）から同三十一年（一八九八年）の松山～熊本時代であるとされている。松山の中学校教師として赴任した漱石は、市内二番町の横町に、二階建ての離れ屋の、いわゆる「愚陀仏庵」と称した下宿にいた。

その時、日清戦争で従軍記者としての帰路、船中で喀血した子規が療養のため松山に帰郷した際、約二カ月に亘ってこの漱石の下宿に居候したという。漱石が二階を使い、階下を子規が使用したようである。気難しくてノイローゼ気味の漱石が、黙って子規に階下の使用を認めるところに、二人の関係の親密さが顕れているようでもある。

子規がそこに住み始めると、早速松山の俳句愛好者たちがここに集い、運座や談笑が繰り返される。二階にいる漱石は、ろくに本も読めない。それならいっそ自分も運座等の中に入るほうがストレス解消になると考えたのかもしれない。もちろん、子規からの誘いもあったのであろう。かくして漱石も句作に励むことになり、これが俳句への本格的な試みとなったのである。

明治二十九年（一八九六年）三月には、高浜虚子が松山に帰省しているが（虚子『子規・漱石』［岩波書店］では、ここでの帰省が明治三十年と記されているが、これは二十九年が正しいと思われる。二十九年四月には漱石が熊本に転じているからである）、この時、漱石をしばしば訪ね、道後温泉に出かけたり、一緒に俳句を作ったりしている。

熊本第五高等学校教授として熊本へ赴任後も、漱石の俳句熱は盛んであったようである。学生への指導も熱心だったらしい。それらの学生の中の一人に、後年物理学者として著名になる寺田寅彦がいた。寅彦は、漱石は学者としてだけでなく、俳人としても有名な人だと思い込んでいて、自分も俳句への興味に取りつかれつつあった。ある日、漱石先生を自宅に訪ねた時、俳句とは一体どんなものですか、と聞いてみたという。小山文雄氏の著作から、その時の様子に関する部分を引用させていただこう。

「漱石はそれ対してこう答えた。

『俳句はレトリックの煎じ詰めたものである』」

レトリックというのは「修辞法」、つまり言葉を巧みに、或いは適切に使って、良い文章で表現することで、それを突き詰めたところに、表現しようとするものの本体が明らかになるということを、漱石は伝えたかったのであろう。むろん、寅彦にとっては、分かったような分からぬような返事だったに違いない。

こう言い切った時、漱石には、かつて親友の正岡子規との間で交わした文章論が思い出されていたかもしれない。それは、文章作法における二つの要素として、「レトリック」と「アイディア」（思想）をどう位置付けるかという論争で、子規は、ひたすら江戸時代の俳句の分類ということから俳句というものの要諦をつかみとろうと努力していた。それに対して漱石は、そんな「子供の手習」のようなやり方は止めて、「アイディア」を養え、それには「カルチャー」（文化、教養）が肝要、さらにそのためには、世界で今まで主張され、認められてきた諸思想を知るために、「読書ヲシ玉へ」とうながしたのだった。

むろん、ここで漱石が示した「レトリックを煎じ詰める」ということは、「カルチャー」と対比された「レトリック」ではなくて、「煎じ詰める」に力点がある。つまり、表現しようとする思いを突き詰め、突き詰めて、事あるいは物に託し、そこに「自己」を、あるいは「自己の特色」をにじみ出させるか、さらにその表現の「語」に、どこまで「たるみ」を残さないか、それが「煎じ」「詰める」の本体なのだ。

むろん、そうした中味が寅彦に十分伝わったとは思えないが、その際に印象に残った漱石の言葉として、寅彦が次のいくつかを挙げているのは興味深い。

「(俳句というのは)扇のかなめのような集注点を指摘し描写して、それから放散する連想の世界を暗示するものである」

「花が散って雪のようだと云ったような常套な描写を月並という」

「いくらやっても俳句の出来ない性質の人があるし、始めからうまい人もある」(小山文雄『漱石先生からの手紙――寅彦・豊隆・三重吉』三一頁、岩波書店)

漱石の俳句についての考えの一端を知る上で、興味深い一文である。爾来、寺田寅彦は俳句に関心をもち、自らも句作に励むことになるのである。

いずれにしても、この明治二十八年(一八九五年)から同三十二年(一八九九年)まで、つまり、イギリスに留学するまでの時期が、漱石が最も多くの俳句を作った年代であるとされている。しかも、これらの俳句の多くは子規に送られており、それはイギリス留学の前まで続いていたようである。

毎回三〇句、四〇句が送られ、子規はそれに添削をしながら、賞賛やら批判やら感想などで応えていたようである。漱石がこの時期、これほどに多くの句を作り、子規に送っていたのは、もちろんそれへの批評を期待しているのが一番の理由かも知れないが、他面、子規の病状を慮り、子規が自分の句に対峙することにより、少しでも病の苦痛から距離を置くことができるかも知れないという配慮もあったのではなかろうか。

そういうことを態度に顕す漱石ではないが、改めて漱石の人柄を考えると、そんな推測も出来そうである。一説によれば、子規に送付した句は二〇〇〇に届くほどの数とされている（小森陽一『漱石論』三〇〇頁、岩波書店）。

イギリス留学時代から帰国して、小説家として活躍するころは、多忙のこともあり句作からは遠ざかり、明治三十六年（一九〇三年）に帰国後、明治四十三年（一九〇七年）までの間は、二六〇句程度に減少している（坪内稔典、前掲書一八三頁）。

子規は、漱石が帰国する直前の明治三十五年（一九〇二年）九月十九日に他界した。そのことを、漱石は十一月に虚子からの手紙で知らされた。自分が帰国するまではとても持たないだろうと覚悟はしていたが、それまでの二人の交流を思い、どんな気持ちでその知らせを受け取ったのであろうかと思う。「只々気の毒と申すより外なく候」と手紙に書いている。その時、虚子にあてて子規への追悼の句を五句送っている。「筒袖や秋の柩にしたがはず」、「手向くべき線香もなくて暮れの秋」、「霧黄なる市に動くや影法師」、「きりぎりすの昔を忍び帰るべし」、「招かざる薄に帰り来る人ぞ」である。

明治四十三年（一九一〇年）の秋に、漱石は持病の胃潰瘍を悪化させ、伊豆の修善寺温泉で転地療養をしていたが、ここで大量喀血し、生命の危機を迎えた。いわゆる「修善寺の大患」と言われているものである。しかし、奇跡的に危機を乗り越えた。この時漱石は、再び俳句に蘇っている。「生きて仰ぐ空の高さよ赤蜻蛉」、「腸に春滴るや粥の味」、「雲を洩る日ざしも薄き一葉哉」などはその時の作である。前二句には蘇生の喜びが感じられるし、三句目には雲を洩れて伝わる一条のひかりに、自分の命をなぞらえているような感覚が読み取れるのである。

そして、大正五年（一九一六年）十二月九日午後六時五十分に還らぬ人になったのである。芥川龍之介は漱石の死を悼み、「黄昏るゝ菊の白さや遠き人」と詠んでいる。

五十年の生涯に二五〇〇余という俳句を作った漱石ではあるが、それらの作品には、それぞれ滑稽、ユーモア、ことば遊び等が溢れていると言われている。俳句にも、自ずから詠み手の人間像が反映するものかも知れない。漱石先生の言う「いくらやっても俳句の出来ない性質の人」にずばり当たりそうな私には、俳句について云々する資格はないが、最後に漱石の俳句の中から、私の好きな句を少し選んで閉じることにしたい。


「朝貌や咲た許りの命哉」

兄嫁登世の死を悼む句である。漱石は、この兄嫁を「まことに敬服すべき婦人」と子規宛ての書簡に記している。登世二十五歳という早逝であった。

「一里行けば一里吹くなり稲の風」

漱石得意の対句的表現の句である。

「叩かれて昼の蚊を吐く木魚かな」

ユーモラスであるが、言い得て妙な句でもある。

「どっしりと尻を据えたる南瓜かな」

田舎生まれの私には、確かにこういう感じの南瓜が我が畑にあったのを思い出す。

「木瓜咲くや漱石拙を守るべく」

『草枕』の一節に木瓜の花についての記述がある（新潮文庫版一五八頁）。「拙を守る」とは、小手先の技巧を弄することなく、愚かな生き方をかたくなに貫くことである。木瓜の花との関わりで詠んでいるところが味わい深い。

「菫程な小さき人に生まれたし」

菫は、出しゃばらずに片隅にひっそりと咲く。素朴で、清純で、やさしいこの花に、漱石は限りない愛情をそそいで、句にしている（半藤一利『漱石・明治・日本の青春』新講社、一二頁）。

「秋の江に打ち込む杭の響かな」

いわゆる修善寺の大患で奇跡的な生命の回復を果たした漱石が、「これは生き返ってから約十日ばかりして不図《はからず》出来た句である」（『文鳥・夢十夜』新潮文庫版一七七頁）と記している。

「有る程の菊抛げ入れよ棺の中」

漱石の友人でもあった大塚保治帝大教授夫人の楠緒子の死を悼み、追悼した句とされている。菊の花をそっと置くのが常態であるが、「抛げ入れよ」と過激に詠むところに悲嘆の深さが表れていると言えよう。

四　小説『坊っちゃん』の魅力

『坊っちゃん』について触れることにしたい。この作品は、明治三十九年（一九〇六年）四月、『吾輩は猫である』の執筆が最終段階にある頃に、それと並行して『ホトトギス』に掲載されたものである。漱石の作品の中でも、特に人気の高いものと言えよう。

作家の故・井上ひさし氏は、この作品を五十回以上も読まれたという。そして、読むたびに寂しく、哀しくなると述懐されていたという。喜劇として書かれていると思われているが、実は悲劇なのである、とも言われていたという（半藤末利子『漱石の長襦袢』一七一頁）。

一見、悪童物語のようにも見えるが、そんな単純なまとめ方をするのはいささか的外れというべきことであろう。無駄のない語り、気風のいいセリフの連続、隙のないストーリーの展開、そうした叙述の中に含まれる正義感、負けん気、都会育ちの価値観、ユーモアのセンス、さりげなく表れる優しい心根等が、この作品が書かれた頃の社会的背景を背後に潜ませつつ物語が構成されている。これが一週間前後で書き上げられたというから驚きである。

作品の読み方、楽しみ方は人それぞれである。しかし、まずは作品に直に触れることが肝要であることは間違いない。そこから感じとることは、それこそ千差万別であろう。

以下では、この小説を構成している十一の章（話）別に、話の粗筋を辿り、私の好きな章句の一部分なども挿入しながら、この小説全体を概観してみることにしたい。

第一章　坊っちゃん四国へ、清との別れ

「親譲りの無鉄砲で小供の時から損ばかりしている」で始まる第一章は、まずはその無鉄砲ぶりの中身がぽんぽんと出てくる。新築校舎の二階から飛び降りて腰を抜かす、西洋製ナイフで自分の手を切り込む。いずれも、そんなことは出来ないだろう、と友達から言われてやったことである。また、庭の先の菜園で、近くの山城屋という質屋の息子勘太郎が栗を盗みに入ってきたので、彼と格闘する。他人の人参畠を踏み荒らす、田圃《たんぼ》の井戸を埋めて水が出ないようにする等々、相当の悪童ぶりではある。

おやじはちっとも可愛がってくれない。母は兄ばかり贔屓《ひいき》する。その母が病気で死んでしまう。おやじと兄と三人で暮らすことになる。ある時兄と将棋をさしたら、卑怯《ひきょう》な待駒をして、困ると兄が嬉しそうに冷やかしたので、腹を立てて飛車を眉間《みけん》に叩きつけたら、兄の眉間が割れて血が出た。おやじは勘当《かんどう》すると云い出した。それを受け入れるつもりでいたら、十年来家にいる下女の清がおやじに謝り、おやじの怒りが解けた。

この清はもともと由緒《ゆいしょ》あるものだったが、維新の瓦解《がかい》のときに零落《れいらく》して奉公するようになったという。坊っちゃんを非常に可愛がった。清は、坊っちゃんを「あなたは真っ直ぐでよいご気性だ」と賞めることが時々あった。清がこんな事を言う度に、「おれはお世辞は嫌いだ」と答えるのが常であったが、清は「それだから好いご気性です」と言った。この清は、なにくれとなく坊っちゃんを大事にした。しかし、彼女が物をくれるのは、必ずおやじも兄もいない時に限られていた。「おれはなにが嫌いと言って人に隠れて自分だけ得をするほど嫌いなことはない」。

清は、将来坊っちゃんが独立して家をもてば、一緒に住む気でいた。東京のいい場所に庭付きの家を建てる夢のような計画などを話しているが、坊っちゃんは「そんなもの欲しくない」と答える。「あなたは慾がすくなくって、心が奇麗だ」と賞める。

母が死んでから六年目におやじも亡くなる。その年の四月に私立の中学校を卒業する。兄は商業学校を卒業し、九州の会社に就職し、そちらに赴任するために家の財産を処分して任地に行くという。坊っちゃんはまだ東京で学問しなければならない。家は処分されるので、神田で下宿していた。困ったのは清の行く先であった。結局、彼女の甥のところで世話になることになる。

九州へ行く兄から六百円もらった。それを学資にして勉強しようと決めて、物理学校へ入学する。三年間で卒業したが、その直後に校長から呼ばれて、四国辺の中学校の教師の口を勧められる。ここでも無鉄砲ぶりを発揮して、即座にＯＫの返事をした。

いよいよ出発するという三日前に、甥の家の北向きの三畳に風邪を引いて寝ていた清を訪ね、田舎に行く事を伝える。非常に失望した様子であった。「来年夏休みにはきっと帰る」と慰め、土産は何がいいかと聞いたら、「越後の笹飴」と言う。そんな飴は聞いたこともないし、第一方角が違う。「おれの行く田舎には笹飴はなさそうだ」、「そんなら、どっちの見当です」、「西の方だよ」、「箱根のさきですか手前ですか」、随分持て余した。

出発の日、清は停車場まで見送りに来てくれた。「もうお別れになるかも知れません。随分ご機嫌よう」と小さな声で言った。目に涙が一杯たまっている。「おれは泣かなかった。しかしもう少しで泣くところであった。汽車がよっぽど動き出してから、もう大丈夫だろうと思って、窓から首を出して、振り向いたら、やっぱり立っていた。何だか大変小さく見えた」（岩波文庫版七頁〜一八頁）。

第一章は、坊っちゃんの人間像がトータルな形で語られている。そして、清という下女との関わり、つまり、彼女の存在が坊っちゃんにとって大きなものであったことを暗示してもいる。確かに無鉄砲な、悪童的なところがあるけれども、他面、なかなか魅力ある性格を有していることも窺える。「おれはお世辞が嫌いだ」、「人に隠れて自分だけ得をするほど嫌いな事はない」、「家なんか欲しくない」という言葉にも表れているように、欲がなくて真正直で性格に裏表がない。

そして、何よりも第一章のハイライトは、ラストの清との駅での別れのシーンである。涙一杯ためてフォームに佇《たたず》む清への想いが、「汽車がよっぽど動き出してから、もう大丈夫だろう（つまり、もう行ってしまっただろうと）と思って、窓から首を出して、振り向いたら、清はやっぱり立っていた。何だか大変小さく見えた」という場面、ほろりとさせられるところである。お互いに心を遺している様が、二人の表情とともに眼前に浮かんでくるようである。

この作品は、清が亡くなってから「おれ」が回想するという構成をとっている。それは、第一章の中に、母が死んでからの事であるが、清が「おれ」に三円貸してくれたことがあったが、それを返していなかったという記述がある。その後で、「今となっては十倍にして返してやりたくても返せない」と語っていることからも推測し得る。

第二章　坊っちゃん赴任、学校へあいさつ、下宿探し

汽船が着いた。真っ裸に赤ふんどしの船頭が漕ぐ艀《はしけ》で陸に降りた。磯にいた小僧に、勤務する中学はどこだと聞いたが知らないという。東京住まいの坊っちゃんから見れば、甚だ田舎に見えるらしい。「野蛮な所だ」とか、「気の利かぬ田舎ものだ」とか、いささか差別的な言葉も飛び出す。

中学校に行くには、さらに汽車に乗らねばならない。五分ばかりで降りて、車を雇い、めざす中学校へ行くと放課後で誰もいない。宿直も出かけていていない。車夫に宿屋へ連れて行けと言うと、山城屋という宿に横付けした。質屋の勘太郎の屋号と同じであった。二階の梯子段

の下の暗い部屋に案内される。熱くて居られないから、こんな部屋は嫌だと言うと、あいにくみな塞《ふさ》がっているという。湯に入り、帰りがけに覗いてみると、涼しそうな部屋は沢山空いている。「失敬な奴だ。嘘をつきゃあがった」と一人ごちる。熱いのを我慢して寝たが、清の夢を見た。

茶代をやらないから粗末に取り扱われると聞いていたので、翌朝、下女に五円渡した。それからめしを済ませて、学校へ出かけた。校長は薄髭《うすひげ》のある、色の黒い、目の大きな狸《たぬき》のような男である。大きな印の捺《お》さった辞令を渡された。この辞令は、東京へ帰る時丸めて海の中へ抛り込んでしまった。教員が控所に揃う前に、校長は教育の精神について長い談義を聞かした。生徒の模範たれ、一校の師表《しひょう》と仰がれなくてはいかん、学問以外に個人の徳化を及ぼさなくては教育者になれない、と無暗に法外な注文をする。

「そんなえらい人が月給四十円で遥々《はるばる》こんな田舎へくるもんか」と思い切りよく断って、東京へ帰ろうと思った。辞令を返します、と言ったら校長は、今のはただ希望であると笑った。あなたが希望通り出来ないのはよく知っているから、心配しなくていいと言いながら笑った。

「そのくらいよく知っているなら、始めから威嚇《おどか》さなければいいのに」。

そうするうちに教員が揃った。十五人の教員に辞令を出しながら挨拶した。同じ事の繰り返しで、少しじれったくなった。「向こうは一度で済む。こっちは同じ所作を十五返繰り返している。少しはひとの了見も察してみるがいい」。そして、教員にあだなをつける。

清に手紙を書いて、その中に命名の結果が記されている。「きのう着いた。つまらん所だ。十五畳の座敷に寝ている。宿屋へ茶代を五円やった。かみさんが頭を板の間へすりつけた。夕べは寝られなかった。清が笹飴を笹ごと食う夢を見た。来年の夏は帰る。今日は学校へ行って、みんなにあだなをつけてやった。校長は狸、教頭は赤シャツ、英語の教師はうらなり、数学は山嵐、画学はのだいこ。今にいろいろな事を書いてやる。さようなら」。

そこへ山嵐が来た。山嵐は、坊っちゃんと同じ数学の担当である。彼が下宿を周旋《しゅうせん》してくれることになり、町はずれの岡の中腹にある家で、至極閑静な家に決まった。主人は骨董《こっとう》を売買するいか銀という男で、女房は亭主より四つばかり年嵩の女である。

「山嵐は学校で逢ったときは横風《おうふう》な失敬な奴かと思ったが、こんなにいろいろ世話をしてくれるところを見ると、悪い男でもなさそうだ。ただおれと同じようにせっかちで癇癪持《かんしゃくもち》らしい。あとで聞いたらこの男が一番生徒に人望があるのだそうだ」（岩波文庫版一八頁〜二六頁）。

いよいよ任地に着いたが、なにせ田舎である。いろいろとカルチャーショックも受けながら、まずは学校へ行き、校長はじめ他の教員と顔合わせする。そして、早速に同僚となる教員にあだなを命名する。それぞれ本来の姓名があるが、作品では主としてこのあだなで呼ばれることになる。山嵐の世話で下宿も決まり、そこに引き移ることになる。いよいよ坊っちゃんの任地での実質的な生活がスタートすることになる。「せっかちで癇癪持ち」の坊っちゃん、なにやら波乱を呼びそうな雰囲気が漂っているようでもある。

第三章　いよいよ教壇へ

　初日一時間目、「生徒はやかましい。時々図抜《ずぬ》けた大きな声で先生という。先生は応《こた》えた。今まで物理学校で毎日先生先生と呼びつけていたが、先生と呼ぶのと、呼ばれるのは雲泥《うんでい》の差だ。何だか足の裏がむずむずする。おれは卑怯な人間ではない。臆病な男でもないが、惜しいことに胆力《たんりょく》が欠けている。先生と大きな声をされると、腹の減った時に丸の内で午砲《どん》を聞いたような気がする」。

　二時間目、「白墨を以て控所を出た時には何だか敵地へ乗り込むような気がした」。一時間目と違い、今度の組は大きな奴ばかり。弱みを見せないために、大きな声で少々巻き舌で、べらんめい調で講釈したら、一番強そうな奴が「あまり早くて分からんけれ、もちっとゆるゆる遣《や》って、おくれんかな、もし」と言った。「早すぎるなら、ゆっくり言ってやるが、おれは江戸っ子だから君等の言葉は使えない。分からなければ、分かるまで待ってるがいいと答えてやった」。ただ、帰りに生徒の一人に出来そうもない幾何の問題を質問されたのには閉口した。

　三時間目、四時間目は、大同小異。最初の日はいずれも少しずつ失敗した。「教師ははたで見るほど楽じゃないと思った」。

　下宿へ帰ると亭主の書画骨董談義につき合わされ、あなたも風流に見えるからと道楽で骨董をやればと勧誘される。風流人かどうか「大抵なりや様子でも分る」のに、おれを風流人というのはただの曲者《くせもの》じゃない。「おれはそんな呑気な隠居《いんきょ》のやるような事は嫌いだと言った」。

一週間ばかりすると、学校の様子も宿の夫婦の人物も大概分かった。学校の事では「おれは何事によらず長く心配しようと思っても心配が出来ない男だ。この学校がいけなければすぐどっかへ行く覚悟でいたから、狸も赤シャツも恐くはないし、教場の小僧どもにお世辞も使う気にもなれなかった」。ところが、下宿のほうはそうはいかなかった。亭主の骨董談義につき合わされるからたまらない。こんな調子では長く続きそうにない。

ある日街を散歩していると、蕎麦《そば》屋の看板があった。蕎麦好きであるから、その店に入る。生徒がいたが、挨拶を交わしてから天麩羅を四杯食べた。翌日教場に入ると、黒板に「天麩羅先生」と書いてある。「冗談も度を過ごせばいたずらだ。一時間歩くと見物する町もないような狭い都に住んで、外に何も芸がないから、天麩羅事件を日露戦争のように触れちらかすんだろう。あわれな奴等だ」。次の教場に行くと、「天麩羅を食うと減らず口が利きたくなるものなり」と書いてある。始末に負えない。腹が立ったから教えるのを止めて帰ったら、生徒は休みになって喜んだそうだ。

三日後、夜、団子屋で団子を食べた。翌日教場に入ると、「団子二皿七銭」と書いてある。二時間目には「遊郭の団子旨い」と書いてある。次には、「赤手拭い」が評判になった。毎日温泉に行くが、その際の手拭いが湯に染まった上に赤い縞が流れ出して紅色に見える。そこからの命名らしい。「どうも狭い土地に住んでいるとうるさいものだ」。

まだある。湯壺で泳いだことがある。今日も泳げるかと覗いてみると、大きな札に黒々と

「湯の中で泳ぐべからず」と書いて貼りつけてある。学校へ行くと、黒板にも「湯の中で泳ぐべからず」と書いてあるのに驚いた。「何だか生徒全体がおれ一人を探偵しているように思われた」。そして、うちへ帰ると相変わらず骨董責めである（岩波文庫版二六頁〜三四頁）。

初めて教壇に立つ坊っちゃんのそれなりの緊張感が窺える。同時に、「せっかちの癇癪持ち」の片鱗も表れている。次から次と、自分の学校外での行動について「いやがらせ」の連続である。いずれも柳に風と受け流すことはできない。正面から対峙する。相手は面白いから、余計図に乗ってくる。組織的であるだけに、対応も難渋する。果たしてどこまで持つだろうか？と心配になる。

下宿の亭主の骨董責めも相当なものである。こちらもどこまで持つか、というところである。この骨董亭主とのパートには、漱石の美術好きな側面の片鱗が表れているようにも見える。渡辺崋山とか横山崋山という画家や、端渓という中国産の硯石の話などが題材に取り入れられているからである。

いずれにしても、波乱の幕開けという坊っちゃんの教員生活のスタートである。

第四章　宿直とバッタ騒動

「学校には宿直があって、職員が代る代るこれをつとめる。但し狸と赤シャツは例外である。何でこの両人が当然の義務を免れるのかと聞いてみたら、奏任待遇《そうにんたいぐう》（奏任官相当の待遇を受けること、勅任官に次ぐ高等官であった）だからと云う。面白くもない。月給はたくさんとる、時間は少ない、それで宿直を逃れるなんて不公平があるものか。勝手な規則をこしらえて、それが当り前だというような顔をしている。よくまああんなにずうずうしく出来るものだ」。

その宿直が廻ってきた。宿直部屋は教場の裏手にある寄宿舎の西のはずれの一室だ。夕刻までには大分間がある。つくねんと重禁錮同様な憂目に遭うのは我慢の出来るもんじゃない。「始めて学校へ来た時宿直の人はと聞いたら、ちょっと用達《ようたし》に出たと小使が答えたのを妙だと思ったが、自分に番が廻ってみると思い当る。出る方が正しいのだ」と納得して温泉に出掛けた。

帰りに狸と逢った。狸は、今日は宿直ではなかったですかねえと、二時間前に今夜は始めての宿直ですね、と云ったばかりのくせに、いやに曲がりくねったことを云う。ええ宿直です。これから帰って、確かに泊まります、と云い捨てて歩き出した。しばらくすると、今度は山嵐に出くわした。狸と同じようなことを云う。日は暮れた。寝巻きに着替えて頓と尻持を突いて、仰向けになった。足を延ばすと何かが飛びついた。バッタの大群である。

悪戦苦闘の末、やっとの思いでバッタを退治。早速寄宿生を三人ばかり呼んで、談判に及んだ。バッタを床の中に入れた理由を問いただす。バッタ、イナゴ論争が絡んで、原因究明がままならない。生徒は白状しない。「おれだって中学に居た時分は少しはいたずらもしたもんだ。しかしだれがしたかと聞かれた時に、尻込みをするような卑怯《ひきょう》な事はただの一度もなかった。

したものはしたので、しないものはしないに極《きま》っている。おれなんぞは、いくら、いたずらをしたって潔白なものだ。嘘を吐《つ》いて罰を逃げるぐらいなら、始めからいたずらなんかやるものか。いたずらと罰はつきもんだ。罰があるからいたずらも心持ちよく出来る。いたずらだけで罰はご免蒙るなんて下劣な根性がどこの国に流行《はや》ると思ってるんだ。金は借りるが、返すことはご免だという連中はみんな、こんな奴等が卒業してやる仕事に相違ない」、「そんなに云われなきゃ、聞かなくっていい。中学校へはいって、上品も下品も区別できないのは気の毒なものだ」と云って生徒を逐《お》っ放《ぱな》した。一段落して、清の事など考えていると、今度は頭の上でかなりの人数と思われる連中のどんどんと床板を踏みならす音がした。足音に比例した大きな鬨《とき》の声が起こった。一難去ってまた一難である。

寝巻のまま飛び出したが、当たりは静まりかえっている。このまま引き下がるわけにはいかない。「これでも元は旗本《はたもと》だ。旗本の元は清和源氏《せいわげんじ》で、多田《ただ》の満仲《まんじゅう》の後裔《こうえい》だ」、「世の中に正直が勝たないで、外に勝つものがあるか」と力んでみるが、敵もさる者、翌朝五十人余りを相手に押問答。そこへ、小使から騒動を聞いて狸が来た。両者の言い分を一応聞いて追って処分するまでは学校へ出ろ、と云って放免した。そして、狸は、あなたも心配でお疲れでしょう、今日は授業に及ばないという。「こんな事が毎晩あっても、命のある間は心配にゃなりません。授業はやります。一晩くらい寝なくって、授業が出来ないくらいなら、頂戴した月給を学校の方へ割戻します」と言ったら、「校長は笑いながら、大分元気ですねと賞めた。ひやかしたんだろ」（岩波文庫版三五頁〜四六頁）。

最初の宿直の時に寄宿生たちの集団的いたずらに遭遇して、怒り心頭の坊っちゃんである。この中で坊っちゃんが語る「いたずらと罰」論などは、今時のいじめ事件にもそのままあてはまる正論ではないか。下劣な根性を批判、非難する先生の声などあまり聞いたこともない。金を借りて返さない、などという手合いも、下劣な根性の是正されないままに年を重ねた結果であろう。世の中に正直が勝たないで、外に勝つものがあるか、考えてみろ、とも。

しかし、いずれにしても、坊っちゃん先生にしてみれば切歯扼腕《せっしやくわん》の結末である。

第五章　坊っちゃん、釣りに誘われる

赤シャツから釣りに誘われる。釣りの経験の乏しいのを聞いて釣りを伝授しよう、というのである。画学の吉川こと野だいこと一緒だという。一体釣りや猟《りょう》をする連中はみんな不人情な人間ばかりだ。不人情でなくって、殺生《せっしょう》をして喜ぶ訳がない。魚だって、鳥だって殺されるより生きてる方が楽に極《き》まってる。釣や猟をしなくっちゃ活計がたたないなら格別だが、何不足なく暮らしている上に、生き物を殺さなくっちゃ寝られないなんて贅沢な話だが、誘いに乗らないと下手だから行かないんだ、嫌いだから行かないんじゃないと邪推するに相違ないから、行くことにした。

熟練の船頭が漕ぐ船は、またたく間に沖へ出る。そこに無人島が見えてきた。「『あの松を見

たまえ。幹が真直《まっすぐ》で、上が傘《かさ》のように開いてターナーの画にありそうだね』と赤シャツが野だに云うと野だは『全くターナーですね。どうもあの曲り具合ったらありませんね。ターナーそっくりですよ』と心得顔である。ターナーとは何の事だか知らないが、聞かなくても困らない事だから黙っていた」。その島の談義をしている赤シャツと野だの話の端に、マドンナなる名が出てくる。マドンナとは何でも赤シャツの馴染の芸者のあだ名か何かに違いないと思った。

釣りが始まるが、赤シャツも野だも大した獲物はない。小物ばかり。坊っちゃんはゴルキとかいう小さな魚一匹で終了。空を見ながら清のことを考えている。

赤シャツと野だは何かひそひそと話している。その話の中に、バッタとか、例の堀田がとか、天麩羅、団子とかの言葉が断片的に聞こえてくる。聞き捨てならない内容のようである。しかし、詮索しても始まらない。だが、「また例の堀田がとか煽動してとかいう文句が気にかかる」。その意味を詮索しても分からない。

帰りの船の中で、赤シャツが釣とは縁故《えんこ》のない自分の話を持ち出してきた。激励しているのか、威しているのか、忠告しているのか、皮肉っているのか、よく分からない。経験が乏しいと「乗ぜられる事があるんです」などと言う。以前、前任者もやられたというような事を言う。失敗しないように気をつけろ、と赤シャツは言う。そして、比較的親切にしてくれる山嵐が、あたかも油断の出来ない人物であるかのごとき口吻を漏らすのである。そして、舟は岸に着いた(岩波文庫版四六頁~五七頁)。

赤シャツが野だいこを引き連れて坊っちゃんを釣りに誘った動機はよく分からない。話の展開を見ていると、彼らの本筋は坊っちゃんへの忠告にあるように見える。上げたり威したり、学校にはいろいろ事情があるとか、しかも、込み入った事情の存在を推測させたり、経験の乏しい教師は思わず乗じられるとか、不透明なことばかり言う。しかも、名前こそ出さないが、坊っちゃんに比較的親身にしてくれる山嵐が要注意人物のごときことも漏らす。何か複雑な人間関係が伏在しているような感じを与えるのが目的なのかも知れない。それでも自分たちはあなたの味方だと言わぬばかりでもある。マドンナという人物の登場もある。それらが、これから後の話にどう絡んでくるのか等が暗示的でもある。

第六章　寄宿生の処分に関する職員会議

釣りに出かけた時、赤シャツが示唆した山嵐が要注意人物であるかのごとく言ったことが心に引っかかる坊っちゃんは、そんなことはあり得ないと思う一方で、もし山嵐が本当に自分に何か企んでいるところがあるとしたら、などと思い悩む。いずれにしろ、赴任した時氷水を奢《おご》ってもらったことがあるが、そんな裏表のある人間なら奢ってもらったことが不愉快になる。そこで、その代金一銭五厘は返そうと決めた。

職員会議の予定されている日、いつもより早く出勤して山嵐を待ち受けたが、なかなか出て来ない。赤シャツが来た。赤シャツは、「君昨日帰りがけに船の中で話した事は、秘密にしてくれたまえ」と言う。これから山嵐と談判するつもりだと言ったら、赤シャツは狼狽《ろうばい》した。口外してくれるな、と必死で依頼するので、あなたが迷惑ならよしましょう、と請け合った。「文学士なんて、みんなあんな連中ならつまらんものだ。辻褄《つじつま》の合わない、論理に欠けた注文をして恬然《てんぜん》としている。しかも、このおれを疑ぐってる。憚《はばか》りながら男だ。受け合った事を裏へ廻って反故《ほご》にするようなさもしい了見《りょうけん》はもってるもんか」。

一時間目の授業を終わって控所に帰ったら、山嵐が来ていた。おれを見るや否や、今日は君のお陰で遅刻した、罰金を出したまえと言った。用意していた一銭五厘を山嵐に渡すと、その金の趣旨をめぐって言い合うことになる。遅刻の理由は下宿の亭主から下宿を出るよう山嵐からおれに伝えてくれという話があったと言う。その理由が定かではない。癇癪持ち同士の口論が続くが、授業開始の喇叭が鳴ったので喧嘩は中止した。

午後は、前日のバッタ事件を起こした寄宿生の処分法についての会議である。冒頭、狸校長は自らの至らぬ管理責任を述べたのち、事件が起こった以上処分しなければならないから、意見を述べてくれと挨拶した。続いて教頭の赤シャツが、問題は生徒側だけでなく、学校にもあるかも知れないから、そのあたりを斟酌《しんしゃく》して寛大な取計《とりはからい》を願う、と弁じた。

以下、発言者の意見の結論は、野だ→寛大説、坊っちゃん→寛大説絶対反対、博物→寛大説、漢学→寛大説、歴史→寛大説、山嵐→生徒厳罰・謝罪表意要求等であった。但し、山嵐は補足意見を出している。坊っちゃんが宿直の際、温泉に行ったのはもっての外の行為であるから、この点については厳重に注意すべし、というものである。

坊っちゃんは、山嵐の基本的意見を大いに喜んだが、補足意見には反論の余地がないので、素直にその場で謝った。山嵐の弁論の一部を紹介しておこう。

「教育の精神は単に学問を授けるばかりではない。高尚な、正直な、武士的な元気を鼓吹《こすい》すると同時に、野卑《やひ》な、軽躁《けいそう》な悪風を掃蕩《そうとう》するにあると思います。もし反動が恐ろしいの、騒動が大きくなるのと姑息《こそく》な事を云った日にはこの弊風《へいふう》はいつ矯正《きょうせい》出来るか知れません。かかる弊風を杜絶《とぜつ》するためにこそ吾々はこの学校に職を奉じているので、これを見逃すくらいなら始めから教師にならん方がいいと思います。私は以上の理由で寄宿生一同を厳罰に処する上に、当該教師の面前において公に謝罪の意を表せしむるのを至当の所置と心得ます」

かくして会議は終わり、寄宿生は一週間の禁足、坊っちゃん先生の前での謝罪が行われた。「謝罪しなければその時辞職して帰るところだったがなまじい、おれのいう通りになったのでとうとう大変な事になってしまった」。

もっとも会議の終わりに、狸と赤シャツのいわずもがなの教師のあるべき振る舞いについての発言があり、狸の、教師はやたら飲食店に出入りしないとか、赤シャツの、物欲ばかりでなく精神的娯楽も求めるべし、などの文字どおり顧みて他をいう類いの発言に思われたので「マドンナに逢うのも精神的娯楽ですか」と赤シャツに聞いてやった。しかし、誰も笑わなかった（岩波文庫版五七頁〜七三頁）。

赤シャツのなにやら訳ありそうな山嵐についての要注意発言に、坊っちゃんは幻惑されて山嵐と喧嘩になるが、決着せぬまま中止する。山嵐の持ち込んだ下宿追い出しの話もよく分からないが、もちろん、そんな所にいるつもりはないと啖呵《たんか》を切る。

問題は処分会議のなり行きである。会議というものは「黒白の決しかねる事柄について」やるべきもので、「誰が見たって、不都合としか思われない事件」に会議をするのは暇つぶしだと正論を吐くが、しかし、ここは従わざるを得ない。ここでの会議の様子を見ると、結構現在の学校の会議と大差はなさそうでもある。狸の云条も、赤シャツの論旨も、暫く教職にあった我が身の過去を顧みれば、それに似たような雰囲気を経験したような気もする。形式論と実質論が錯綜して、本音の行方が分からない。多数の寛大説は、要するに一つの事勿れ主義である。しかし、そんな中にあって、山嵐の意見は一服の清涼剤でもある。結果としては正論が通ったかたちである。しかし、それで万事ＯＫとはならない気配でもある。

第七章　下宿移転、清からの手紙、マドンナ邂逅

坊っちゃんは、早速今の下宿を引き払った。車屋を連れて出たものの、当てがあるわけではない。閑静な士族屋敷のある町を歩いているうちに、この辺にうらなり君が住んでいることを思い出し、彼を訪ねて訳を話すと、萩野という老人夫婦から、以前下宿人の周旋を依頼されていたので、そこを紹介してもらい、即刻話は決まり、萩野家の下宿人になった。

落ち着くとまた清の事が思い出され、先日出した手紙の返事がそろそろ来そうなものだと考えながら過ごしていた。宿の婆さんに手紙のことを聞いても、参りませんの返事ばかり。この婆さんは話好きと見えて、坊っちゃんにいろいろ話す。奥さん、お嫁さん問答が続く。話の展開で、「マドンナ」の実像を知る。

婆さんによると、このマドンナはうらなりと結婚の約束が出来ていたのに、うらなりの父が亡くなり、暮らし向きが思わしくなくなると御輿入《おこしい》れが延びてしまった。その間隙をついて、赤シャツがマドンナを自分の嫁にほしいと言い出したらしい。そして、マドンナを手馴付《てなづ》けてしまったという。うらなりが気の毒だということで、山嵐が赤シャツの所へ意見に行ったが、一応の理屈をつけて抗弁したので、山嵐も退散したという。それ以来、赤シャツと山嵐は折合いが悪いという評判らしい。

数日後、やっと清から手紙が来た。長いものである。随分苦心して書いたものらしい。「なるほど読みにくい。字がまずいばかりではない。大抵《たいてい》平仮名だから、どこで切れて、どこで始まるのだか句読《くとう》をつけるのによっぽど骨が折れる。――中略――読み通した事は事実だが、読むに骨が折れて、意味がつながらないから、また頭から読み直した」内容は、無暗に人にあだなをつけるとうらまれるからするな、田舎は人が悪いから気をつけろ、健康に気をつけろ、坊っちゃんの手紙は短すぎて様子がよく分からない、せめて自分の半分くらいは書いてくれ、為替で十円あげる、と事細かに記してあった。

そこへ婆さんが夕食を運んでくれたが、連日芋攻めでうんざり。清なら鮪《まぐろ》の刺身でも食わしてくれるのにとこぼす。夕食後、湯に行く。停車場で偶然うらなり君に会う。汽車の時間までうらなり君と話す、そうしていると、入口にハイカラ頭の、背の高い美人と、四十五、六の奥さんが切符売場の前に立っている。「おれは美人の形容などが出来る男ではないから何にも云えないが全く美人に相違ない。何だか水晶の珠《たま》を香水で暖《あっ》ためて、掌《てのひら》へ握ってみたような心持ちがした」。そうするうちに、うらなり君がその女の方へ歩き出して軽く挨拶している。少し驚いた。その若い女性はマドンナじゃないかと思った。

あと五分で発車という時に、なんと今度は赤シャツが駆け込んできた。汽車が着くと、赤シャツは上等車へ飛び乗る。その後から、マドンナとそのお袋が入り込んだ。うらなり君とおれは、(上等の切符は持っていたが)下等車に飛び込んだ。温泉でうらなり君を慰めようとしたが、「何を云っても、えとかいえとかぎりで、しかもそのえといえが大分面倒らしいので、しまいにはとうとう切り上げた」。湯の中では赤シャツには会わなかった。

帰路、川の土手の上を歩いていると、二つの人影が見え出した。一人は女らしい。一人は男で、おれが近づくとその男が振り向いた。男の様子を見て、はてなと思った。後ろから追い付いて、男の顔を覗き込んだ。男はあっと小声に云ったが、急に横を向いて、もう帰ろうと女を促すが早いか、温泉町の方へ引き返した(岩波文庫版七三頁~八八頁)。

理由不明のまま下宿を飛び出し、うらなり君の周旋で萩野という老夫婦の家が新しい下宿となった。話好きの婆さんとの会話で、マドンナの情報をキャッチする。しかも、彼女がうらなり君と結婚の約束をしておきながら、それが彼女側の意向で不履行のままで、ペンディングの状態にあること、しかも、それに赤シャツが絡んでいることも知る。山嵐もうらなりに同情し、赤シャツに意見するが、学士様だけあって一応筋の通った理屈らしきものをつけながらの抗弁に退散してしまう。しかし、この時から赤シャツと山嵐の関係も悪化しているらしい。

他方、待ちに待っていた清からの手紙が来た。平仮名、句読点なしの長文の意味の理解に悪戦苦闘する。いろいろと助言が詰まっていた。

夜の温泉行きで、偶然うらなり君と同道することになる。マドンナとそのお袋、加えて赤シャツまでが出現、温泉からの帰路、マドンナと赤シャツらしき二人連れに邂逅、事件の行方はどうなるのであろうか。

それにしても、坊っちゃんの美人の形容である「水晶の珠を香水で暖めて、掌へ握ってみたような心持ちがした」という表現は、漱石ならではのアイデアではなかろうか。

第八章　報酬引き上げとうらなりの転勤

赤シャツと山嵐とどっちが信ずるに値する人間なのか、坊っちゃんは迷うが、二人の行動の中味を吟味してみると、やはり悪者・曲者は赤シャツだという結論になる。山嵐とは例の職員会議のあとで仲直りしようかと思い、少し話しかけてみたが返事もしない。例の一銭五厘が壁になっているらしい。山嵐とおれが絶交の姿になったに引き易《か》えて、赤シャツとは依然として在来の関係を維持して交際を続けている。「信用しない赤シャツとは口をきいて、感心している山嵐とは話をしない。世の中はずいぶん妙なものだ」。

その赤シャツが、話があるから家まで来てくれと言う。「君が来てくれてから、前任者の時代よりも成績がよくあがって、校長も大にいい人を得たと喜んでいるので――どうか学校でも信頼しているのだから、そのつもりで勉強していただきたい」から始まり、またも山嵐には留意する方がよろしい趣旨の話を挟んだ上で、将来重く登用するかのごとき話や、俸給アップの話が出る。俸給財源は、今度転任者が出るから、その人の俸給から少し融通ができるかも知れないという。誰が転任するのかと聞くと、古賀君、つまりうらなり君だという。しかも、転任は当人の希望でもあるという。何だか要領を得ない内容ではあったが、用件は済んだ。

下宿に帰って考え込んだ。「家屋敷はもちろん、勤める学校に不足のない故郷がいやになったからと云って、知らぬ他国へ苦労を求めに出る」なんて、何という物数奇《ものずき》だ。

ところが、夕食を運んでくれた婆さんの話を聞くと、赤シャツの話とは随分違う。婆さんによると、うらなり君のお母さんが来て婆さんに話したところによると、うらなり君の家も父親が亡くなり、暮らし向きが思うほど豊かでないため、校長にうらなり君の俸給を少し増やしてくれと頼んだらしい。校長の返事は、学校には金が足りないが、宮崎の延岡になら空いた口があり、そちらだと月五円余分にとれるからお望み通りでよかろうと、その手続きをしたから行くように言われたというのだ。しかし、古賀先生は、よそに行って月給が増えるより、ここに居たいと頼んだが、もう決めたことだし代わりも出来ているという。

この話を聞いた坊っちゃんは、そんなからくりで浮く金で自分の俸給を上げてもらうなど受けられるわけはないと断然断るために赤シャツを訪ね、玄関で断りの意思表示をした。理由は、もちろん、古賀君が自分の意思で転任を希望するわけではないと知ったからであった。

ところが赤シャツ、さすが文学士だけあって並みの相手ではない。古賀君が転勤したくないという話を、「君は古賀君から聞いたのですか」、「僕の下宿の婆さんが、古賀さんの御母さんから聞いた話を今日僕に話したのです」、「それは失礼ながら少し違うでしょう。あなたの仰ゃる通りだと、下宿屋の婆さんのいう事は信ずるが、教頭のいう事は信じないというように聞こえるが、そういう意味に解釈して差支えないでしょうか」。

これはもうそそっかしい坊っちゃんの負けである。伝聞《でんぶん》に基づく情報だけで、関係者から直接言質《げんち》をとらなかったのは減点ものであろう。その後も文学士の理詰めの攻勢にたじたじとなるが、もう赤シャツに対して不信任を心の中で申し渡してしまっているから、「あなたのいう事は尤もですが、僕はもう増給がいやになったんですから、まあ断ります。考えたって同じ事です。さようなら」と言い捨てて門を出た（岩波文庫版八九頁〜一〇一頁）。

山嵐との関係は未だ好転しない。その隙を突くように、赤シャツ（狸校長の意も汲んでいるのかも知れない）の巧みな懐柔作戦に坊っちゃんもいささか苦戦気味ではあるが、とにかく古賀君の立場も慮《はか》り、赤シャツへの疑念もあいまって、増給の話は断ることでひとまずけりをつけた。赤シャツの巧妙な弁舌に、「人間は好き嫌いで働くものだ、論法で働くものじゃない」と坊っちゃんの心意気、どこまで貫けるだろうか。

第九章　うらなり君の送別会

送別会のある日の朝、山嵐は先の下宿退去事件について、骨董亭主の作り事が原因で、坊っちゃんには何の責もなかった事が分かったから自分が悪かった、勘弁してくれ、と謝罪した。そして、山嵐の机の上に置いたままになっていた例の一銭五厘を、坊っちゃんが自分の財布に入れた。その金をめぐっての二人の今までの挙惜《きょそ》について話しているうちに、二人は「負け惜しみの強い男」と「よっぽど強情張り」であることを確認し合う。坊っちゃんは江戸っ子であり、前者、山嵐は会津で、後者である。

送別会へ行く前に、坊っちゃんは山嵐に少し話があるから、うちへ寄るようにいう。山嵐は来た。呼んだ動機は、うらなり君の送別会を盛り上げるために、山嵐に大演説でもさせて赤シャツの荒肝《あらぎも》を挫いてやろうと考えたからである。自分のべらんめえ調では物にならないと考えたのである。

うらなり君の転任事件について、「今度の事件は全く赤シャツが、うらなりを遠ざけて、マドンナを手に入れる策略なんだろうとおれが云ったら、無論そうに違いない。あいつは大人しい顔をして、悪事を働いて、人が何か云うと、ちゃんと逃道を拵えて待ってるんだから、よっぽど奸物《かんぶつ》だ。あんな奴にかかっては鉄拳制裁でなくっちゃ利かない、と瘤《こぶ》だらけの腕をまくってみせた」。

送別会が始まった。幹事、狸、赤シャツが立ち、送別の辞を述べる。三人ともうらなり君の転任を残念がりつつ、良い教師で好人物と誉めちぎる。とりわけ赤シャツは、例のやさしい声を一層やさしくして誉めた。

山嵐が立った。「校長はじめことに教頭は古賀君の転任を非常に残念がられたが、私は少々反対で古賀君が一日も早く当地を去られるのを希望します。延岡は僻遠《へきえん》の地で、当地に比べたら物質上の不便はあるだろう。が、聞くところによれば風俗のすこぶる淳朴《じゅんぼく》な所で、職員生徒ことごとく上代撲直《じょうだいぼくちょく》の気風《きふう》を帯びているそうである。心にもないお世辞を振り蒔いたり、美しい顔をして君子を陥れたりするハイカラ野郎は一人もないと信ずるからして、君のごとき温良《おんりょう》篤厚《とくこう》の士は必ずその地方一般の歓迎を受けられるに相違ない……」。

次いで、主賓のうらなり先生が立ち、坊っちゃんや山嵐には信じられないような、心から感謝しているらしいお礼の言葉を述べた。赤面して聞きそうなものだが、狸も赤シャツも真面目に謹聴していた。あとはどんちゃん騒ぎである。

山嵐が来て、さっきの演説はうまかったろう、と得意顔である。坊っちゃんは大賛成だが、一カ所気に入らないと抗議した。「美しい顔をして人を陥れるようなハイカラ野郎は延岡におらないから……と君はいったろう」、「うん」、「ハイカラ野郎だけでは不足だよ」、「じゃ何と云うんだ」、「ハイカラ野郎の、ペテン師の、イカサマ師の、猫被《ねこっかぶ》りの、香具師《やし》の、モモンガーの、岡っ引きの、わんわん鳴けば犬も同然な奴とでも云うがいい」。

後は芸者登場、踊りの乱舞とお決まりのコース。坊っちゃんが古賀先生に帰宅を促し、座敷を出ようとするところへ、野だが箒を振り振り進行して行く手を塞いだ。坊っちゃんと山嵐は野だの頭を叩き、身体を倒した（岩波文庫版一〇一頁〜一一四頁）。

山嵐との冷たい戦争は終わった。うらなりの送別会での赤シャツ攻撃の共同作戦を練る。山嵐の演説もまずまず。狸と赤シャツは早めに退散。最後は、赤シャツの太鼓もちの野だに一撃加えて幕となった。帰宅すると十一時であった。

第十章　祝勝会の日の事件

祝勝会（日露戦争勝利の祝賀会）で学校は休みであるが、練兵場で式典があるため、坊っちゃんも生徒の監督者として出席することになる。扱い難き生徒の事を考えながら、早く東京へ帰って清と一緒になるに限るなどと思いつつ生徒の集団に付いてくると、何だか先鋒が騒がしい。中学校と師範学校が衝突したという。この両者は犬猿の仲らしい。暫し小競り合いがあったが、何とか折り合いがついたらしい。

式典は簡単に終わり、余興は午後であるから、ひとまず下宿へ帰る。気になっている清への手紙を書こうとするが、一向に筆を立てることができない。書けないけれども、こうして清の事を案じていれば、おれの心は清に通じるはずであり、通じれば手紙の必要もない、などと理屈をつけて納得しているところへ山嵐が来た。山嵐持参の牛肉で鍋をつっつきながら、赤シャツと馴染の芸者のことを話題にする。この二人が温泉町の角屋という宿屋兼料理屋で会見するらしい。山嵐は、だから、そこに二人が入り込む所を見届けて面詰するんだという。坊ちゃんもその作戦に加勢することになる。

二人が赤シャツ退治の策略を相談しているところへ、生徒の一人が山嵐に祝勝会の余興への誘いに来た。坊っちゃんは気が進まなかったが、山嵐に勧められて行くことにした。誘いに来たのは赤シャツの弟であった。妙だと思った。高知から来たという余興団の演技が続き、感心しながら見物していると、少し離れたところで鬨《とき》の声がしている。

そこに、またも赤シャツの弟が、先生また喧嘩です、中学の方で、今朝の意趣返《いしゅがえ》しをするといって師範と決戦を始めたという。二人は現場へ駆けつけた。喧嘩を止めさせようとするが、なかなか思うようにならない。二人も、喧嘩の仲裁をしてるのか、喧嘩の当事者になっているのかよく分からない状況になってきた。やがて、巡査だ逃げろという声がしたかと思うと、敵味方ともきれいに引き上げてしまった。「田舎者でも退却は巧妙だ。クロパトキンより旨い位である」。

二人とも出血するほどの被害をしていた。「巡査は十五、六名来たのだが、生徒は反対の方面から退却したので、捕まったのは、おれと山嵐だけである。おれらは姓名をつげて、一部始終を話したら、ともかくも警察まで来いというから、警察へ行って、署長の前で事の顛末《てんまつ》を述べて下宿へ帰った」（岩波文庫版一一四頁〜一一六頁）。

山嵐と赤シャツ退治の策略を考える坊っちゃんではあるが、その計画の実行に専念させてはくれない事件が起こる。生徒同士の喧嘩である。収まったかと思われた中学校と師範校との対立が、余興の午後にまた再発する。巻き込まれる二人。そして、なぜか情報伝達するのが赤シャツの弟である。二人のみが捕まった。背後に赤シャツの影があるようなないような、雲がかかっているようでもある。

なお、クロパトキンとは、日露戦争当時の満州国総司令官であり、退却云々は、ロシア軍の退却・戦敗ぶりから出た表現である。この章での祝勝会が日露戦争勝利を祝うものというのも、この記述から推測されることである。

第十一章　坊っちゃん辞職、東京へ

騒動の翌日、地元の新聞に喧嘩の報道がされている。あろうことか、山嵐と坊っちゃんの狼藉振りを指弾して、その責任を追及し、教育界から追放の要ありとの趣旨である。「新聞なんて無暗《むやみ》な嘘を吐くもんだ。世の中に何が一番法螺《ほら》を吹くと云って、新聞ほどの法螺吹きはあるまい。おれの云ってしかるべき事をみんな向こうで並べていやがる。それに近頃東京から赴任した生意気な某とは何だ。天下に某と云う名前の人があるか。考えてみろ。これでもれっきとした姓もあり名もあるんだ」。あまり腹が立ったので、新聞は後架《こうか》へ捨てた。

学校へ出勤した。山嵐も出て来た。赤シャツが新聞記事の正誤を申し込む手続きをしたことと、自分の弟が誘ったことが原因で申し訳ない、この件については尽力するから悪しからず、などと謝罪的な言葉を並べている。

校長も事の成り行きが心配そうである。おれと山嵐は、校長に嘘のないところを説明した。山嵐は、この新聞報道には赤シャツが絡んでいると見ていると言う。こうなればつもる怒りを発揮して赤シャツを困らせるには、温泉町で抑えるより仕方ないから、少し様子を見ることにする。何かやる時は、二人が共同行動をとると合意した。新聞には、小さな取消が出ただけで、正誤はしていない。

三日ばかりして山嵐が来た。例の計画を実行したいが、君はやめたほうがいいと言う。理由は、山嵐が校長から辞表を出せと言われたからと言う。自分にはその話はない。そんな不公平があるかと言うと、山嵐は、君は今のまま置いても害にならないと思ってるからだ、と言う。

坊っちゃんは、校長に辞表問題で詰問する。校長いわく、ここで二人に同時に止められると授業に穴があき困る。少しは学校の事情も察してくれないと困る。それに、来てから一月経つか経たないのに辞職したというと、君の将来の履歴に関係するから、その辺も少しは考えたらいいでしょう、と言う。「履歴なんか構うもんですか。履歴より義理が大切です」と言うと、とにかくもう一度考え直してくれという。ここは、とりあえずそれで引き下がった。

山嵐は辞表を出した。いよいよかねての計画の赤シャツたちへの張り込み開始である。角屋の前の枡屋の二階を借りて、そこに二人潜んでやるのである。張り込むこと九日目、やっとチャンスが来た。赤シャツと野だの二人が角屋に入った。

翌朝五時、二人が角屋から出て来た。山嵐とあとをつけた。町はずれの人家のないあたりを選んで、そこで追いついた。山嵐が赤シャツに、教頭の職にある者が何で角屋へ行って泊まったか、と詰る。おれは野だに玉子を投げつける。顔中黄色になっている。赤シャツの反論が続いている。へ理屈を述べる赤シャツにたまりかねて、山嵐は拳骨《げんこつ》を食らわす。おれも野だを叩く。赤シャツも野だも、「もうたくさんだ」と白旗である。「貴様等は奸物だから、こうやって天誅を加えるんだ。これに懲《こ》りて以来つつしむがいい。いくら言葉巧みに弁解が立っても正義は許さんぞ」と山嵐が言ったら、両人とも黙っていた。

下宿へ帰り、辞表をしたため、校長あてに郵送した。その夜、山嵐とともに四国を離れ、神戸から直行で東京へ行き、新橋で山嵐と別れた。以後逢っていない。

清は、坊っちゃんの帰りを喜んで涙を落とした。その後、街鉄の技手になった。清は、今年二月に肺炎で亡くなった。死んだら坊っちゃんのお寺へ埋めて下さい、と言ったので、清の墓は小日向の養源寺にある（新潮文庫版一二六頁～一四二頁）。

余滴

漱石は、明治二十八年四月から翌年四月まで、松山の愛媛県尋常中学校（通称松山中学）教員をしていたが、その事実と小説『坊っちゃん』とを単純に結びつけるのはどうかと思われる。しかし、その経験が多少とも作品に関係していることも想像に難くない。それはともかくとして、この松山中学校時代のエピソードを一つご紹介しよう。

夏目金之助先生は、中学では英語の担当であったが、授業における英語の発音たるや、前任者の英人教師のそれとそっくりで生徒は度肝を抜かれたという。その流暢なこと、日本人離れしていた。

『坊っちゃん』の中のバッタ騒動の張本人とされている人の話として、次のようなことが紹介されている。ある英文の訳を当てられた彼が苦心しつつ訳すると、「その言葉にそんな訳はないぞ」、「それでも字引にあったぞなもし」、「何の字引だ」、「棚橋一郎先生の字引きじゃがなもし」、「そうか、辞書が間違っている、直しておけ」（半藤一利『漱石・明治・日本の青春』二九頁以下、新潮社）。大変なものである。

さて、『坊っちゃん』の粗筋を少しばかりの感想を交えながら辿ってきた。この作品の楽しめる要素の幾分かはこれでも理解していただけると思うが、やはり全文に当たってみるのが一番である。作品では、坊っちゃんの中学勤務はわずか一カ月少々のようである。その短い間に、嵐が吹き抜けたように過ぎ去った一カ月ほどの出来事ではあったけれども、この作品についての伊藤整氏の、「もし近代の文学で典型的な日本人を描いた作品を求められることがあれば、私はこの作品を挙げる。主人公の楽天性、その同情、その無邪気さ、そして他の人物にある日本的な薄汚さ、みみっちさ、卑劣さ、弱小さ、豪傑ぶり、それは実に完全な日本人の性格である」（岩波文庫『坊っちゃん』解説一六六頁）という所見は的を射ているのではなかろうか。

他方、「ユーモア小説の根底に一番必要なのは一種の悲劇性であり、悲劇性のないユーモアはその場限りです。言葉だけでどうにでもなってしまうユーモアだったらそれでいいのですが、多少でもユーモア自体に一種の永続性とか普遍性があるとすれば、それはかなり難しい精神状態が根底にあることが重要な気がします」（吉本隆明『夏目漱石を読む』一〇三頁、ちくま文庫）。この作品が執筆されていたのは『吾輩は猫である』の終わりのほうと同時期で、漱石が精神的にかなり不安定な時期であったことを考えると、この指摘も参考になる。そういう理解の下にこの作品を読むと、またその深さも理解し得よう。

とまれ、何回読んでも飽きることのない作品である。文中随所に出てくる坊っちゃんの「物の考え方」、「物の見方」には今日でも頷かせるものが多い。

五　小説『三四郎』の青春を追う

『三四郎』は『吾輩は猫である』と並んでよく読まれている作品だとされている。福岡出身で熊本の高等学校を卒業した小川三四郎が、東京の大学で学ぶため上京するところから始まる青春小説である。この作品も何回でも読ませる魅力をもっており、それは年月の経過によっても一向に褪《あ》せることはない。

明治四十一年（一九〇八年）に著されたものであるが、この作品で漱石が投げかけた問題、つまり、学ぶこと、愛、人生等をめぐるテーマは、文明が進化し、この作品が生まれた当時とは社会の構造は大きく変化している現代でもそのまま通用する問題として、いささかも手垢《てあか》はついていない、と言えよう。

そこで、ここでは『三四郎』の章を辿りながら、三四郎の青春を追ってみることにしよう。

熊本から東京へ「あなたはよっぽど度胸のない方ですね」

九月の新学期に向けて熊本から上京する列車の中で、三四郎は一人の女性から名古屋に着いたら宿屋へ案内してくれと頼まれた。列車は名古屋止まりであった。夜の十時過ぎに着いた。駅前の安宿に泊まることになる。小さな宿であるから、同じ部屋で一つの蒲団で泊まることになる。三四郎は、蚤除《のみよけ》のまじないと称して、シーツを丸めて女との間に境界線を設けて休んだ。

翌日、勘定を済ませて停車場に着くと、女は関西線で四日市市の方に行くという。三四郎の乗る汽車が来た。三四郎は「さよなら」と言った。女はその顔をじっと眺めていたが、やがて落ち付いた調子で、

「あなたはよっぽど度胸のない方ですね」といって、にやりと笑った。三四郎はプラットフォームの上へ弾き出されたような心持ちがした。車の中へ這入ったら両方の耳が一層熱《ほて》り出した。しばらくは凝《じ》っと小さくなっていた――中略――

元来、あの女は何だろう。あんな女が世の中にいるものだろうか。女というものは、ああ落ち付いて平気でいられるものだろうか。無教育なのだろうか、大胆なのだろうか。それとも無邪気なのだろうか。要するに行ける所まで行って見なかったから、見当が付かない。思い切ってもう少し行って見るとよかった。けれども恐ろしい。別れ際にあなたは度胸のない方だといわれた時には、喫驚《びっくり》した。二十三年の弱点が一度に露見したような心持

ちであった。親でもああ旨《うま》く言い中《あ》てるものではない……。(岩波文庫版一五頁)

名古屋からは髭のある男の人と隣合せになった。いろいろ四方山話をしている中で浜松駅で見た西洋人の話になり、その髭の男は、「どうも西洋人は美しいですね」といった。

三四郎は別段の答も出ないので、ただはあと受けて笑っていた。すると髭の男は、「御互は憐れだなあ」といい出した。「こんな顔をして、こんなに弱っていては、いくら日露戦争に勝って、一等国になっても駄目ですね。尤も建物を見ても、庭園を見ても、いずれも顔相応の所だが――あなたは東京が始めてなら、まだ富士山を見た事がないでしょう。今に見えるから御覧なさい。あれが日本一の名物だ。あれより外に自慢するものは何もない。ところがその富士山は天然自然に昔からあったものなんだから仕方がない。我々が拵《こしら》えたものじゃない」と言って、またにやにや笑っている。三四郎は、日露戦争以後こんな人間に出逢うとは思いも寄らなかった。どうも日本人じゃないような気がする。

「しかしこれからは日本も段々発展するでしょう」と弁護した。すると、かの男は、すましたもので、「亡《ほろ》びるね」と言った(岩波文庫版二三頁)。

熊本から初めての旅で東京へ向かう途中で、三四郎は初体験に出会っている。女性との出会い、驚き、女とは？　そして、髭の男から聞く話。三四郎にとっては、いずれもそれまでの彼の思考の外側にあった問題のようである。この冒頭の部分で、三四郎の人間性をかなりうかがうこともできるようである。徽章《きしょう》をもぎとった高等学校の夏帽を被っている彼の車中の挙措を考えると、初々しさと初体験の惑いの中にいる三四郎に、つい声援を送りたくなってくる。

東京着「どこまで行っても東京がなくならない」

三四郎は東京に着いた。驚くことばかりである。一番驚いたのは、どこまで行っても東京がなくならないという事であった。電車に驚き、丸の内で驚き、建築ラッシュに驚く。この激しい動きが現実世界なら、自分の今までの生活は現実世界とは少しも接触していないことになると思った。

三四郎は東京の真中に立って電車と、汽車と、白い着物を着た人と、黒い着物を着た人との活動を見て、こう感じた。けれども学生生活の裏面に横たわる思想界の活動には毫も気が付かなかった。——明治の思想は西洋の歴史にあらわれた三百年の活動を四十年で繰り返している。(岩波文庫版二一五頁)

そんな三四郎のところに国許の母から手紙が来た。東京で受け取る最初の手紙である。豊作のこと、健康留意のこと、東京人は利口で人が悪いから気をつけろ、学費は必ず送るから心配無用、知人の従弟に当たる人で野々宮宗八という人が大学を卒業して理科大学に出ているから、訪ねて宜しく頼め、などが書かれていた。そして、早速野々宮宗八を理科大学に訪ねた。何でも、もう半年余り光線の圧力を試験することに打ち込んでいるという。この人も、現実世界とは交渉のない人だと思う。そこを辞して、大学構内の森の中の池の側へ来た。

ふと眼を上げると、左手の岡の上に女が二人立っている。女のすぐ下が池で、池の向こう側が高い崖《がけ》の木立で、その後が派手な赤煉瓦のゴシック風の建築である。そうして落ちかかった日が、凡《すべ》ての向うから横に光を透《とお》してくる。女はこの夕日に向いて立っていた。三四郎のしゃがんでいる低い陰から見ると岡の上は大変明るい。女の一人はまぼしいと見えて、団扇《うちわ》を額の所に翳《かざ》している。顔はよく分らない。けれども着物の色、帯の色は鮮やかに分った。白い足袋の色も眼についた。鼻緒の色はとにかく草履を穿《は》いている事も分った。もう一人は真白である。これは団扇も何も持っていない。ただ額に少し皺《しわ》を寄せて、対岸《むこうぎし》から生《お》い被《かぶ》さりそうに、高く池の面に枝を伸ばした古木の奥を眺めていた。団扇を持った女は少し前へ出ている。白い方は一歩《ひとあし》土堤の縁から退《さ》がっている。三四郎が見ると、二人が筋違に見える。——中略——

団扇はもう翳《かざ》していない。左の手に白い小さな花を持って、それを嗅《か》ぎながら来る。嗅ぎながら、鼻の下に宛《あ》てがった花を見ながら、歩くので、眼は伏せている。それで三四郎から一間《けん》ばかりの所へ来てひょいと留った。

「これは何でしょう」といって、仰向《あおむ》いた。頭の上には大きな椎《しい》の木が、日の目の洩《も》らないほど厚い葉を茂らして、丸い形に、水際まで張り出していた。

「これは椎」と看護婦がいった。まるで子供に物を教えるようであった。

「そう。実は生《な》っていないの」といいながら、仰向いた顔を元へ戻す。その拍子に三四郎を一目見た。三四郎は慥《たしか》に女の黒眼の動く刹那《せつな》を意識した。その時色彩の感じは悉《ことごと》く消えて、何ともいえぬ或物に出逢った。その或物は汽車の女に「あなたは度胸のない方ですね」といわれた時の感じとどこか似通っている。三四郎は恐ろしくなった。

二人の女は三四郎の前を通り過る。若い方が今まで嗅いでいた白い花を三四郎の前へ落として行った。三四郎は二人の後姿を凝《じっ》と見詰ていた。（岩波文庫版三二頁）

その後野々宮君と会い、散歩に出かけ、夕食を御馳走になった。それからうちへ帰る間、大学の池の縁《ふち》で逢った女の、顔の色ばかり考えていた。その色は薄く餅を焦《こが》したような狐色であった。そうして、肌理《きめ》が非常に細かであった。三四郎は、女の色は、どうしてもあれでなくっては駄目だと断定した。

東京での初体験の連続に、今までの生活と現実との違いに惑う三四郎である。母が手紙で教えてくれた野々宮宗八を訪ねる。穴倉のような研究室であった。光線の圧力の研究に取り組んでいるという。この野々宮は、寺田寅彦がモデルとも言われている。彼との交流は、三四郎にとっていろいろな意味での未知の世界への関心を引いたり、物を観る見方などをそれとなく教えられることになる。

その後、構内の池の傍らでしばし時間を過ごす。この池が、現在は三四郎池と呼ばれているものである。もちろん、『三四郎』により有名になったからである。その池の近くで二人の女を見ることになる。この二人のうちのひとりが、この小説の展開に重要な役割をもつことになる里見美禰子である。「何ともいえぬ或物」に出逢った、と言っているように、三四郎の心をとらえていることは間違いない。以後二人は逢う機会が増えてくるのである。

講義始まる「学問の府はこうなくってはならない」

新学期は九月十一日に始まった。三四郎は学校へ出たが、講義の気配はない。翌日も早く出た。教室へ入る前に銀杏《いちょう》並木やその先に見える理科大学の屋根の後ろに朝日を受けた上野の森が遠く輝き、そして、日が正面にある風景を見ながら、この奥行のある景色を愉快に感じていた。法文科大学や博物教室の趣《おもむき》ある建築物、そして、図書館の建物などを視界に入れつつ、三四郎は見渡す限り見渡して、この外にもまだ眼に入らない建物が沢山ある事を勘定に入れて、どことなく雄大な感じを起こした。

「学問の府はこうなくってはならない。こういう構《かま》えがあればこそ研究も出来る。えらい

ものだ」――三四郎は大学者になったような心持がした。（岩波文庫版三九頁）

それから約十日ほど経て、漸く講義が始まった。午後の大教室の講義で、先生の似顔絵をポンチ（風刺的な漫画）に書いている隣の学生と知り合う。佐々木与次郎である。広田という高等学校の先生の家にいる。念のために記しておけば、この広田先生が、例の車中で「亡《ほろ》びるね」と言った髭の男である。三四郎は週に四十時間の講義を聞いていると与次郎に話すと、驚いて「そう活《い》きてる頭を、死んだ講義で封じ込めちゃ、助からない」と時間の有効な使い方を教授する。その一つとして寄席にも連れて行く。図書館もいい、と告げる。

三四郎は図書館に入る。本を借りる。どんな本を借りても、きっと誰か一度は眼を通しているという事実を発見して驚く。途中散歩に出て、以前、与次郎に教えてもらった青木堂というレストランに行く。そこで広田先生らしき人を見るが、その日は接触しなかった。図書館に帰る。二時間ほど読書三昧《ざんまい》に入ったのち、借りてまだ開けていなかった一冊を何気なく開いてみると、本の空いた所に鉛筆で一杯何か書いてある。

「ヘーゲルの講義を聞かんとして、四方より伯林《ベルリン》に集まれる学生は、この講義を衣食の資に利用せんとの野心を以て集まれるにあらず。ただ哲人ヘーゲルなるものありて、講壇の上に、無上普遍の真を伝うると聞いて、向上求道《ぐどう》の念に切《せつ》なるがため、壇下に、わが不穏底の疑義を解釈せんと欲したる清浄心《しょうじょうしん》の発現に外《ほか》ならず。この故に彼らはヘーゲルを聞《きい》て、彼らの未来を決定《けつじょう》し得たり。自己の運命を改造し得たり。のっぺらぼうに講義を聴いて、のっぺらぼうに卒業し去る公《こう》ら日本の大学生と同じ事と思うは、天下の己惚《うぬぼれ》なり。公らはタイプ・ライターに過ぎず。しかも慾張ったるタイプ・ライターなり。公らのなす所、思う所、いう所、遂に切実なる社会の活気運に関せず。死に至るまでのっぺらぼうなるかな。死に至るまでのっぺらぼうなるかな」

と、のっぺらぼうを二遍繰返している。三四郎は黙然《もくねん》として考え込んでいた。（岩波文庫版四八頁）

その時、与次郎から野々宮宗八さんが君を探していたと言われる。そして、野々宮君は自分が寄寓《きぐう》している広田先生の元の弟子で、大変な学問好きで、研究も大分あり、その道の人なら西洋人にも知られていることを知る。野々宮宅を訪問して、病気のよし子という妹さんがいることを知る。その彼女の入院している病院に袷《あわせ》を届けて欲しいと頼まれて、三四郎は病院へ行く。その帰り際である。

挨拶をして、部屋を出て、玄関正面へ来て、向《むこう》を見ると、長い廊下の果《はずれ》が四角に切れて、ぱっと明るく、表の緑が映る上《あが》り口に、池の女が立っている。はっと驚いた三四郎の足は、早速の歩調に狂が出来た。その時透明な空気の画布《カンヴァス》の中に暗く描かれた女の影は一歩《ひとあし》前へ動いた。三四郎も誘われたように前へ動いた。二人は一筋道の廊下のどこかで擦《す》れ違わねばならぬ運命を以て互いに近付いて来た。すると女が振り返った。明るい表の空気のなかには、初秋の緑が浮いているばかりである。振り返った女の眼に応じて、四角のなかに、現れたものもなければ、これを待ち受けていたものもない。三四郎はその間に女の姿勢と服装を頭の中へ入れた。(岩波文庫版六四頁)

漱石は、数学的思考力、絵画的表現力にもよほど長けていたようで、三四郎の学ぶ大学（東大）の建物の特徴とか建築方法、キャンパスの風景との関係的とらえ方など、実に巧みかつ精緻である。図書館での三四郎の振舞も面白い。ヘーゲル（ドイツの哲学者）の書き込みなどは傑作である。とりわけ「のっぺらぼう学生論」は、現代の日本の大学生にもそのままあてはまりそうでもある。

三四郎「三つの世界を考える」

三四郎の魂がふわつき出した。講義中でも時々リボン（美禰子）が出て来る。時節は秋である。生まれて初めての東京の秋を嗅ぎつつ歩いている。団子坂下では菊人形が開業したばかりである。囃子の音が聞こえるところで、突然、与次郎と広田さんに会う。もっとも、この時点では、与次郎は広田さんが三四郎の記憶の中にある人であるとは知らない。で、そのため、三四郎を広田さんに紹介する。広田先生は、「知ってる、知ってる」と繰り返す。

二人は貸家を探している。今の借家の持主が高利貸で、家賃を無闇に上げるのが業腹で、与次郎が自ら立退を宣告したのが原因らしい。学校を休んでまで探している。その与次郎が訪ねてきた。話をしているうちに、話題は広田先生の事に及んだ。与次郎によれば、広田さんは高等学校の先生で独身であること、英語の担当らしいこと、時々論文を書くがまるで反響がないらしい、どこか哲学者の風情があるが、まさに「偉大な暗闇だ」という。しかし、与次郎は、この広田先生を大学の教授にしようと考えているという。引越しをする時は是非手伝いに来てくれ、と言って与次郎は帰った。

三四郎は母からの手紙を読んだ。故郷の世話になっている人の事やらが書いてある。

大学の制服を着た写真を寄こせとある。三四郎は何時《いつ》か撮《とっ》て遣ろうと思いながら、次へ移ると、案の如く三輪田の御光さん（三四郎の幼馴染み）が出て来た。——この間御光さんの御母さんが来て、三四郎さんも近々大学を卒業なさる事だが、卒業したら宅《うち》の娘を貰ってくれまいかという相談であった。御光さんは器量もよし気質《きだて》も優しいし、家に田地も大分あるし、その上家《うち》と家との今までの関係もある事だから、そうしたら双方とも都合が好《い》いだろうと書いて、そのあとへ但書《ただしがき》が付けてある。——御光さんも嬉しがるだろう。

——東京のものは気心が知れないから私はいやじゃ。（岩波文庫版八四頁）

三四郎には三つの世界が出来た。一つは、遠くにある。つまり、母のいる故郷である。二つは、苔の生えた煉瓦造りである。つまり、学問の世界である。三つは、燦《さん》とした春の如く動いている、つまり華美溢れる世界である。三四郎にとって最も深厚な世界である。この三つの世界を並べて、比較しながら考える。三つの世界をミックスして一つの結論を出すが、平凡である。果たしてどの世界に軸足を置くことになるのだろうか。

与次郎の新しい借家が決まった。そこに明日（天長節）引っ越すから、九時までにその家に行って掃除をして待っていてくれ、と言う。約束どおり、早朝、その家に行く。掃除をするまでもないとその古い家の庭を見ていると、思いも寄らぬ池の女が現れた。手に大きなバスケットを提げている。挨拶らしきことを交わしていると、女は名刺を三四郎にくれた。「里見美禰子」とある。美禰子は三四郎を記憶していた。美禰子も手伝いを頼まれたらしい。二人で掃除を始める。控え目な会話を交わしながら、なんとか掃除を続ける。合間に二人で外を見ながら三四郎が美禰子に問う。

「何を見ているんです」、「中《あ》てて御覧なさい」、「鶏《とり》ですか」、「いいえ」、「あの大きな木ですか」、「いいえ」、「じゃ何を見ているんです。僕には分らない」、「私先刻《さっき》からあの白い雲を見ておりますの」。美禰子は白い雲の講釈を続ける。そこに与次郎の荷物が着いた。大量の本の整理を始める。

そこへ広田先生が帰ってきた。美禰子の用意してきたサンドイッチを四人で食べる。読書談義を交えていると野々宮さんが来た。よし子さんが団子坂の菊人形を見たいという話が出て、それでは皆で見に行こうという話がまとまった。与次郎だけはご免だという。つまり、広田先生、野々宮、よし子、美禰子に三四郎が加わるわけである。

東京の生活に少しずつ馴れてきた三四郎であるが、彼には三つの世界が出来た。自分の選択すべき世界はどれかなどと考えている。与次郎の転居を機会に、美禰子はもとより広田先生、野々宮さん、よし子さんたちと三四郎との交流が本格化することになる。この章での三四郎と美禰子の会話の中の、三四郎のださい問いと美禰子のロマンチックな答えのコントラストが面白い。

三四郎と美禰子の接近「空の色が濁りました」

三四郎は野々宮さんを訪ねて、よし子と話をして、野々宮先生のことをいろいろ聞く。下宿へ帰ると、美禰子から「明日午後一時ころから菊人形を見に参りますから、広田先生のうちまでいらっしゃい」との葉書が来ていた。明日は日曜日である。当日、新調の服を着て、光った靴を穿《は》いて、広田先生の家へ行った。菊人形へ出発である。

四人の後を三四郎は追い掛けた。三四郎は、「今の生活が熊本当時のそれよりも、ずっと意味の深いものになりつつあると感じた。かつて考えた三個の世界のうちで、第二第三の世界はまさにこの一団の影で代表されている」。途次の大観音の前に乞食がいる。しかし、五人は平気で通り過ぎた。

五、六間も来た時に、広田先生が急に振り向いて三四郎に聞いた。

「君あの乞食に銭《ぜに》を遣りましたか」

「いいえ」と三四郎が後《あと》を見ると、例の乞食は、白い額の下で両手を合せて、相変らず大きな声を出している。

「遣る気にならないわね」とよし子がすぐにいった。

「何故《なぜ》」とよし子の兄は妹を見た。たしなめるほどに強い言葉でもなかった。野々宮の顔付はむしろ冷静である。

「ああ始終焦《せ》っ着《つ》いていちゃ、焦っ着き栄《ばえ》がしないから駄目ですよ」と美禰子が評した。

「いいえ場所が悪いからだ」と今度は広田先生がいった。「あまり人通りが多過ぎるからいけない。山の上の淋しい所で、ああいう男に逢ったら、誰でも遣る気になるんだよ」

「その代り一日待っていても、誰も通らないかも知れない」と野々宮はくすくす笑い出した。

三四郎は四人の乞食に対する批評を聞いて、自分が今日《こんにち》まで養成した徳義上の観念を幾分か傷けられるような気がした。けれども自分が乞食の前を通るとき、一銭も投げてやる料簡《りょうけん》が起こらなかったのみならず、実をいえば、寧ろ不愉快な感じが募《つの》った事実を反省して見ると、自分よりもこれら四人の方がかえって己《おの》に誠《まこと》であると思い付いた。また彼らは己れに誠であり得るほどな広い天地の下に呼吸する都会人種であるという事を悟った。

（岩波文庫版一二〇頁）

見物の途中で、三四郎は見物に押されて出口の方へ行く美禰子の姿を見て、三人を捨てて美禰子の後を追った。美禰子は「もう出ましょう」と出口の方へ歩いて行く。三四郎は後を追う。「どこか静かな場所はないでしょうか」と聞かれる。二人は谷中の町を横切り、根津へ抜ける橋を渡り、小川のほとりで腰掛けた。美禰子は少し気分が悪いようであったが、三四郎と四尺ばかり離れて、草の上に坐た。

この女は素直《すなお》な足を真直《まっすぐ》に前へ運ぶ。わざと女らしく甘えた歩き方をしない。従ってむやみにこっちから手を貸す訳に行かない。——中略——

「空の色が濁りました」と美禰子がいった。

三四郎は流れから眼を放して、上を見た。こういう空の模様を見たのは始めてではない。けれども空が濁ったという言葉を聞いたのはこの時が始めてである。——中略——

「広田先生や野々宮さんはさぞ後で僕らを探したでしょう」と始めて気が付いたようにいった。美禰子はむしろ冷《ひや》やかである。

「なに大丈夫よ。大きな迷子《まいご》ですもの」

「迷子だから探したでしょう」と三四郎はやはり前説を主張した。すると美禰子は、なお冷やかな調子で、

「責任を逃れたがる人だから、丁度好《い》いでしょう」

「誰が？　広田先生がですか」

美禰子は答えなかった。

「野々宮さんがですか」

美禰子はやっぱり答えなかった。

「もう気分は宜《よ》くなりましたか。宜くなったら、そろそろ帰りましょうか」

美禰子は三四郎を見た。三四郎は上げかけた腰をまた草の上に卸した。その時三四郎はこの女にはとても叶《かな》わないような気がどこかでした。同時に自分の腹を見抜かれたという自覚に伴う一種の屈辱をかすかに感じた。

「迷子」

女は三四郎を見たままでこの一言《ひとこと》を繰返した。三四郎は答えなかった。

「迷子の英訳を知っていらしって」

三四郎は知るとも、知らないともいい得ぬほどに、この問を予期していなかった。

「教えて上げましょうか」

「ええ」

「迷《ストレイ》える子《シープ》――解って？」

三四郎はこういう場合になると挨拶に困る男である。―中略―

迷《ストレイ》える子《シープ》という言葉は解《わか》ったようでもある。また解らないようでもある。解る解らないはこの言葉の意味よりも、むしろこの言葉を使った女の意味である。三四郎はいたずらに女の顔を眺めて黙っていた。すると女は急に真面目になった。

「私そんなに生意気に見えますか」

その調子には弁解の心持がある。三四郎は意外の感に打たれた。今までは霧の中にいた。霧が晴れれば好《い》いと思っていた。この言葉で霧が晴た。明瞭な女が出て来た。晴たのが恨《うら》めしい気がする。（岩波文庫版一一五頁）

三四郎は菊人形見物に参加の機会を得たことで、美禰子と二人だけの時間をもつ事になった。それは、文字どおり図らずもの事であった。新調の制服と光った靴を履いたその日の出で立ちに、何やら心意気が感じられないこともない。あるいは、同行者が皆自分より年配であることを考慮したのかも知れない。少し気分の悪そうな美禰子と会場を離れて会話を交わすことになる二人であるが、「迷える子《ストレイシープ》」を聞いてその意味を考える。

「私そんなに生意気に見えますか」という言葉の調子には弁解の心持ちがあり、三四郎は意外の感に打たれたという。これで霧が晴れた、明瞭な女が出て来たが、晴れたのが恨めしいとも言う。この感覚は、かつて夜汽車の女に「あなたはよっぽど度胸のない方ですね」と言われた時のことが思い起こされる。「迷える子《ストレイシープ》」は何やら示唆的でもある。

迷える子「イプセンの女のよう」

与次郎は文芸雑誌にせっせと投稿しているという。三四郎は、ある日教室から出ると、与次郎に声をかけられる。最新作「偉大なる暗闇」を読めと勧められる。読むことを約した。その夜は同級生の懇親会があるので、そこでまた逢う約束をして下宿へ帰った。

机の上に絵端書がある。小川を描《か》いて、草をもじゃもじゃ生して、その縁《ふち》に羊を二匹寝かして、その向う側に大きな男が洋杖《ステッキ》を持って立っている所を写したものである。男の顔が甚だ獰猛《どうもう》に出来ている。全く西洋の絵にある悪魔《デヴィル》を模したもので、念のため、傍にちゃんとデヴィルと仮名が振ってある。表は三四郎の宛名の下に、迷える子と小さく書いたばかりである。三四郎は迷える子の何者かをすぐ悟った。のみならず、端書の裏に、迷える子を二匹書いて、その一匹を暗に自分に見立ててくれたのを甚だ嬉しく思った。迷える子のなかには、美禰子のみではない、自分ももとより這入っていたのである。それが美禰子の思わくであったと見える。美禰子の使ったｓｔｒａｙ　ｓｈｅｅｐの意味がこれで漸く判然《はんぜん》した。(岩波文庫版一三七頁)

懇親会出席のため与次郎を誘いに行くと、広田先生に給仕をしながら何やら話をしている。その中に、こんな会話が含まれている。里見美禰子のことらしい。


「あの女は落ち付いていて、乱暴だ」と広田がいった。

「ええ乱暴です。イプセンの女のような所がある」

「イプセンの女は露骨だが、あの女は心《しん》が乱暴だ。尤《もっと》も乱暴といっても、普通の乱暴とは意味が違うが、野々宮の妹の方が、ちょっと見ると乱暴のようで、やっぱり女らしい。妙なものだね」

「里見のは乱暴の内訌《ないこう》ですか」

三四郎は黙って二人の批評を聞いていた。どっちの批評も腑《ふ》に落ちない。乱暴という言葉が、どうして美禰子の上に使えるか、それからが第一不思議であった。(岩波文庫版一四一頁)

その後、与次郎から、懇親会で広田先生を話題にして広田先生を大学の教授として迎えるべき旨の運動をするから協力するように言われる。日本人教員を入れるのが急務であり、それには広田先生が一番というわけである。三四郎も賛意を表した。集会は、与次郎の予期した展開になって終わった。

翌日は運動会である。三四郎にとっては上京以来初めての競技会だから見に行くことにした。与次郎によれば、競技より女の方が見に行く価値があるという。それでは美禰子たちにも逢えるかも知れないなどと思いながら出掛けた。美禰子とよし子が、やはり来ていた。野々宮さんも計測係で忙しそうである。そこに原口という画家も来ていることを知る。運動会の途中で出た三四郎は、美禰子とよし子に逢う。そこで、美禰子から、よし子は自分の家から学校に通うことになり、野々宮さんは下宿することになったことを聞いた。三四郎は赤門の所で二人に別れた。

美禰子のくれた端書にも「迷える子」が書いてあった。しかも二つ書いてあった。三四郎は、美禰子の意識の中に自分も「迷える子」として入っていることを知る。しかし、その「迷える」ことの実相は明らかではない。他方、美禰子の中にある「迷い」、それは野々宮への迷い、三四郎への迷い、そして、その迷いは何に起因するものなのか、その「迷い」も含まれているのかも知れない。広田先生のいう「落ち付いていて、乱暴だ」と評される美禰子にも恋の惑いがあるのであろう。

母の手紙「母は本当に親切なものである」

三四郎は与次郎を訪ねたが留守であった。広田先生はいた。先生から与次郎の「気移り多い」性格評価を聞いて、この間与次郎に貸した二十円の返済が気にかかる。三四郎が広田の家に来るにはいろいろな意味がある。一つは、広田先生の生活その他が普通とは変わっている。どうしたらああなるかという好奇心があること。二つは、広田先生の前に出ると呑気《のんき》になれること。「三四郎は近頃女に囚《とらわ》れた。恋人に囚われたのなら、かえって面白いが、惚れられているんだか、馬鹿にされているんだか、怖がっていいんだか、蔑《さげす》んでいいんだか、廃《よ》すべきだか、続けるべきだか訳の分からない囚われ方である。三四郎は忌々《いまいま》しくなった。そういう時は広田さんに限る。卅分ほど先生と相対《あいたい》していると心持ちが悠揚になる」(岩波文庫版一六七頁)。

三つは、「自分は美禰子に苦しんでいる。美禰子の傍《そば》に野々宮さんを置くとなお苦しんでくる。その野々宮さんに尤も近いものはこの先生である。だから先生の所に来ると、野々宮さんと美禰子との関係が自《おのず》から明瞭になってくるだろう。これが明瞭になりさえすれば、自分の態度も判然極《き》める事が出来る。一つ聞いて見ようかしら、と心を動かした」(岩波文庫版一六八頁)。

広田先生の美禰子やよし子の人物評やら結婚論やら母親論やら親切論やらの視点の飛び回るような話を聞きながら、「美禰子の凡《すべ》てを測ってみた。しかし測り切れない所が大変ある」。

そこに与次郎が原口さんを案内してきた。三四郎は原口を紹介される。そして、広田先生と原口との会話を面白く聞いていた。その中で、原口が美禰子の肖像画を描く構想のあることを話しているのに、三四郎は大いに興味を示す。しかも、その構図は美禰子の希望で「美禰子が団扇を翳しているところ」だと言う。原口さんは承知したと言う。

下宿へ帰ると母から手紙が来ていた。今度の手紙には「三輪田の御光さんのこと」は一言も書いてなかったのでほっとした。しかし、手紙には、おまえは子供の時から度胸がないからいけない。度胸の悪いのは大変損だ。友達の医学士とかに頼んで「ふるえ」の止まる薬でも作ってもらえ、などという妙な助言も書いてあった。三四郎は馬鹿々々しいと思ったが、その中に大いなる慰謝《いしゃ》を見出した。「母は本当に親切なものである」とつくづく感心した。

三四郎にとって美禰子の存在は段々大きくなっている。しかし、彼女の正体がよく見えない。野々宮さんと美禰子の関係が普通のものでもなさそうであることにも気づいている。広田先生と話して、何かそれらにまつわる「惑い」を解くことができるようなヒントも得たいが、それもなかなか答えは出ない。

画家の原口さんを紹介してもらい、また視界が一つ拡がりそうでもある。その原口さんが美禰子の肖像画を描くという。しかも、美禰子の希望の構図である「団扇を翳しているところ」という。彼はそれにも興味を示す。ここで話題になっている美禰子の肖像画については、黒田清輝の描いた有名な「湖畔」の絵がそれを連想させる。漱石の中に、黒田の描いたこの絵が意識されていたのだろうか。

いろいろ考える事の多い時に来る母の手紙は、彼を慰謝する重要な役割を果たしている。何か『坊っちゃん』に出てくる「お清」を想起させる。「度胸のない」ところを母はしっかり見ている。「行ける所まで行ってみない」三四郎の行く末を案じているのである。

金銭貸借をめぐって「さっきの御金を御遣いなさい」

三四郎が与次郎に貸した二十円は、与次郎が人から預かっていた金を競馬ですってしまったことが原因であった。しかし、それを返してもらわないと下宿代の支払いに差し支える。気にしているところへ与次郎が来て、自分では返せないが「外《ほか》で拵《こしら》えた」と言う。ただし、拵えたけれども、三四郎がどこかに取りにいかなくてはいけない、と言う。それが美禰子の所だと言う。

三四郎は美禰子の家へ行った。里見恭助の表札のかかった家の中に入るのは初めてであった。「いらっしゃい」、「とうとういらしった」、美禰子の挨拶は親しい調子である。

「佐々木が」
「佐々木さんが、あなたの所へいらしったでしょう」——中略——
「佐々木が来ました」
「何といっていらっしゃいました」

「僕にあなたの所へ行けといって来ました」

「そうでしょう。――それでいらしったの」とわざわざ聞いた。―中略―

「実は佐々木が金を……」と三四郎からいい出した。

「分かってるの」と中途でとめた。三四郎も黙った。すると
「どうして御失《おな》くしになったの」と聞いた。

「馬券を買ったのです」

女は「まあ」といった。まあといった割に顔は驚いていない。かえって笑っている。すこし経って「悪い方ね」と付け加えた。三四郎は答えずにいた。

「馬券で中《あて》るのは、人の心を中るより六《む》ずかしいじゃありませんか。あなたは索引の附いている人の心さえ中て見ようとなさらない呑気《のんき》な方だのに」

「僕が馬券を買ったんじゃありません」

「あら。誰が買ったの」

「佐々木が買ったのです」

女は急に笑い出した。三四郎も可笑しくなった。

「じゃ、あなたが御金が御入用《おいりよう》じゃなかったのね。馬鹿々々しい」

「要《い》る事は僕が要るのです」

「本当に？」

「本当に」

「だってそれじゃ可笑いわね」

「だから借りなくってもいいんです」

「何故《なぜ》？　御厭《おいや》なの？」

「厭じゃないが、御兄《おあに》いさんに黙って、あなたから借りちゃ、好くないからです」

「どういう訳で？　でも兄は承知しているんですもの」

「そうですか。じゃ借りても好《い》い。――しかし借りないでも好い。家《うち》へそういって遣りさえすれば、一週間すると来ますから」

「ご迷惑なら、強《し》いて……」（岩波文庫版一九二頁）

この後、二人は外へ出る。本郷通りに出て大きな西洋館の前で、美禰子は帯の間から帳面と印形《いんぎょう》を出して、三四郎に三十円引き出してくるように言う。待たずに歩き出す美禰子を追って手にしたお金を渡そうとすると、今度は丹青会の展覧会に誘う。三四郎はこれにも付いて行く。お金は預かっておいて頂戴と言う。

展覧会の絵を一緒に鑑賞するが、所詮三四郎は美禰子と鑑別力が違う。美禰子の説明やら皮肉やら聞きながらしていると、原口さんと野々宮さんに会う。その時美禰子は、今の自分が野々宮には少し距離を置き、三四郎との距離の方がより近いかのようにとれる行動をとる。訝《いぶか》しがる三四郎に、「畢竟《ひっきょう》あなたのためにした事じゃありませんかと、二重瞼《ふたえまぶた》の奥で訴えている」、「さっきの御金を御遣《おつか》いなさい」、「借りましょう。要るだけ」、「みんな、御遣いなさい」（岩波文庫版二〇六頁）。

美禰子の三四郎への態度はかなり積極的に見える。訪ねてきた三四郎への態度、会話の中身、お金の事、展覧会への誘い、これらはすべてある種の特別な気持ちのない人間にはおよそ想定されない挙措であろう。しかし、「索引」に気づかない男三四郎である。美禰子の心には、三四郎に対する「何か物足りない」ものがあるのかも知れない。野々宮にも迷う。まさに「迷える子」である。二人の関係はどう展開するのであろうか。

先に進まぬ三四郎「君、あの女を愛しているんだろう」

広田先生売り出しのための精養軒の会に三四郎は出た。その帰り道で、与次郎が突然借金の言訳を始めた。そして、自分が金を返さなければこそ、三四郎が美禰子から金を借りることが出来たんだろう、とまるでおためごかしのようなことを言う。三四郎は「それで？」、「それだけで沢山じゃないか。——君、あの女を愛しているんだろう」、「君、あの女には、もう返したのか」、「いいや」、「何時までも借りて置いてやれ」と与次郎は呑気な事を言う。

与次郎が返しそうにないので、三四郎は国許にもっともらしい理由を書いて送金を依頼した。母からの返事には、依頼の金は野々宮さんの方へ送ったから、そちらで受け取れと書いてある。

例の穴倉に野々宮さんを訪ねると、家に取りにくるようにと言われる。そのことを与次郎に話す。与次郎は、まるで三四郎が余計なことをしたと言わんばかりである。

返さなくても向うでは喜ぶよ、と言う。


「何故」―中略―

「当り前じゃないか。僕を人にしたって、同じ事だ。僕に金が余っているとするぜ。そうすれば、その金を君から返してもらうよりも、君に貸して置く方が善い心持だ。人間はね、自分が困らない程度内で、なるべく人に親切がして見たいものだ」―中略―

「あの女は君に惚れているのか」―中略―

「能く分からない」―中略―

「そういう事もある。しかし能く分かったとして、君、あの女の夫《ハズバンド》になれるか」

三四郎はいまだかつてこの問題を考えた事がなかった。―中略―

「野々宮さんならなれる」と与次郎がいった。

「野々宮さんと、あの人とは何か今までに関係があるのか」

三四郎の顔は彫《ほ》り付けたように真面目であった。与次郎は一口、

「知らん」といった。(岩波文庫版二一一八頁)

三四郎は、夕刻野々宮さんの所へ出掛けた。その途次、偶然美禰子とよし子に会う。買い物をしてから、よし子とともに野々宮さんを訪ねた。よし子も兄に用事があるらしい。野々宮さんは、例のお金について一応事情を調べて、不都合がなければ金を渡してくれとの御母さんの依頼だからと言いつつも、大した調べもしないで金を渡した。

下宿に帰り、この三十円を枕元に置いて寝た。自分はこれを美禰子に返しに行く、と決める。よし子さんに縁談のあることも知る。与次郎からは、美禰子の肖像画を描いている原口さんの宿所も聞き取った。

金の貸し借りの話が契機となり、与次郎の歯に衣着せぬような恋愛的感情についての問いかけにも、三四郎の答えは何か物足りないようである。進むか退くかも判然としない、関心がないかと言えばそうでもなさそうである。美禰子への気持ちを否定するわけでもない。野々宮さんとの関係も気にかかる。まるで縺《もつ》れた糸の中にいるようでもある。

三四郎、原口さんを訪ねる「だから結婚は考えものだよ」

三四郎は画家の原口の所を訪ねた。玄関には美禰子の下駄が揃えてある。鼻緒の二本が右左で違う。それでよく覚えていた。画室へ入る。描かれつつある人は、突き当たりの正面に団扇を翳して立った。

静かなものに封じ込められた美禰子は全く動かない。団扇を翳して立った姿そのままが既に画である。三四郎から見ると、原口さんは、美禰子を写しているのではない。不可思議に奥行のある画から、精出して、その奥行だけを落して、普通の画に美禰子を描き直しているのである。にもかかわらず第二の美禰子は、この静さのうちに、次第と第一に近づいて来る。三四郎には、この二人の美禰子の間に、時計の音に触れない、静かな長い時間が含まれているように思われた。その時間が画家の意識にさえ上《のぼ》らないほど柔順《おとな》しく経つに従って、第二の美禰子が漸く追付いて来る。もう少しで双方がぴたりと出合って一つに収まるという所で、時の流れが急に向きを換えて永久の中に注いでしまう。原口さんの画筆はそれより先には進めない。(岩波文庫版二三六頁)

原口さんは面白い話があると言って、次のような話をした。原口さんの知っている男に、細君が厭になり離縁を請求したところ、縁あってこの家《うち》へ方付《かたづ》いたものですから私は絶対に出ていきません、と言う。すると男の方が、それでは自分の方が出るから、と言うと、細君が、私がいても貴方《あなた》が出てしまえば後が困ると言った。すると、男の方が「勝手に入夫《にゅうふ》でもしたら宜《よ》かろうと答えたんだって」。

「それから、どうなりました」と三四郎が聞いた。——中略——

「どうもならないのさ。だから結婚は考え物だよ。離合集散、共に自由にならない。広田先生を見給え、野々宮さんを見給え、里見恭助君を見給え、ついでに僕を見給え。みんな結婚をしていない。女が偉くなると、こういう独身ものが沢山出来てくる。だから社会の原則は、独身ものが、出来得ない程度内において、女が偉くならなくっちゃ駄目だね」

（岩波文庫版二三九頁）

画室で三十円を返そうとするが、「今下《くだ》すっても仕方がないわ」と受け取らない。暫く原口さんの画談義を興味深く聞くが、彼の注意の焦点は美禰子にあった。その日の作業は終わり、三四郎は美禰子と一緒に表に出た。珍しく三四郎が散歩に誘ったが、案外にも応じなかった。

大通りを歩きながら、三四郎は原口さんを訪ねた理由は美禰子に会うのが目的だったと言う。決してお金を返しに行ったのではないとも言った。美禰子は、お金は要らないから持っていらっしゃい、と言う。そして、自分の画について質問した。話している内に、この画に実際に取りかかったのは、その服装で分かるでしょう、と言われて、三四郎は、初めて池の周囲で美禰子に会った暑い昔を思い出したのである。

白山の坂の所で車が来た。黒い帽子をかぶって、金縁の眼鏡を掛けた色光沢の好い男が、美禰子を迎えに来たと言っている。三四郎は美禰子に紹介され、挨拶を交わした。「早く行こう。兄さんも待っている」。金はとうとう返さずに分かれた。

原口さんの結婚論は、この時代の男の論理に基づいたかなり一方的なものである。しかし、優柔不断な三四郎が聞けば、意外と説得力を持っているのかも知れない。三四郎はこの日だけは少し美禰子に積極的なような言葉も用いているが、やはり中途半端である。そこに一人の男性が現れる。美禰子を迎えに来たという。どう展開するのであろうか。

新聞騒動（偽りの記事）「色々の刺激がある」

与次郎は文芸協会のチケット売りに奔走している。万事好都合だと言っているので、三四郎は与次郎のために万歳を唱えた。その夜、与次郎が下宿に三四郎を訪ねてきた。昼間とはうって変わって深刻な顔をしている。「おい、小川、大変な事が出来てしまった」と言う。皺《しわ》だらけの新聞を取り出して、此所《ここ》を読んでみろと差し出した。かねて運動していた、広田さんを大学の先生にするための企みが新聞で批判されていたのである。広田さんとは別人が候補になっている。

しかし、問題なのは別の新聞の内容であった。広田先生が不徳義漢《ふとくぎかん》のように書いてあるだけでなく、門下生をして、「偉大なる暗闇」などという論文を雑誌に載せ、それを著したのは小川三四郎である、と書いてある。もちろん、実際の著者は与次郎である。なぜこうなったのだろうか、などと二人で話すが、もちろん真相は分からない。いずれにしても、広田先生に話す必要がある。三四郎も一片の責任があるから、先生に弁解して来ることにした。与次郎はそれで帰った。

三四郎は床《とこ》に這入ってから度々《たびたび》寝返りを打った。国にいる方が寝やすい心持がする。偽りの記事—広田先生—美禰子—美禰子を迎えに来て連れて行った立派な男—色々の刺激がある。（岩波文庫版二五七頁）

講義に出ている間に、懐から母の手紙を取り出して読んだ。長い手紙を巻き収めていると、与次郎が傍へ来て「君、里見の御嬢さんの事を聞いたか」という。「何を」と問い返している所へ別の学生が来て、用向きのある旨話すと与次郎はそちらに行ってしまった。もう捕まらない。

講義が済んでから広田先生の家へ寄る。例の新聞記事の話をする。しかし、先生は殊の外冷静であった。「世の中の事はみんな、あんなものだと思っているから、若い人ほど正直に驚きはしない」。与次郎も告白したらしい。先生は「済んだ事は、もうやめよう」と、その話は打ち切った。そして、もっと面白い話をしようと言って、先生が昼寝をしている時に見た夢の話を切り出した。二十年ばかり前に会った十二、三の奇麗な女の話である。

先生が生涯にたった一遍会った女に、突然夢の中で再会したという小説染みた話であった。夢の話ではあるけれども、二十年前に会ったというのは本当の事実なのだと言われる。その小さい娘と会ったのは明治二十二年の憲法発布の日、その日は、時の文部大臣森有礼が暗殺された日でもある。その大臣の葬式に、高等学校生であった自分たちも参列した。その時、寒い眼の前を馬車や車が何台となく通るその中に、その「小さい娘」がいた、というのである。以後まるで逢わない。どこの誰とも分からない。三四郎は、先生が結婚しないのはそうした事情が原因なのかとも考えた。

しかし、先生によると「人間には色々と結婚のしにくい事情を持っている者がある」。「そんなに結婚を妨げる事情が世の中に沢山あるでしょうか」、「ハムレットは結婚したくなかったんだろう。ハムレットは一人しかいないかも知れないが、あれに似た人は沢山いる」。先生は一つ例示した。

三四郎はとんだ新聞報道に巻き込まれたが、被害者というべき広田先生の鷹揚な態度に救われた。この泰然自若さが広田先生の魅力の一つかも知れない。しかし、広田先生の夢の話を聞きながら、「世の中にいろいろ結婚のしにくい事情を持っている者がある」との言葉は、三四郎の受取り方は別として、何か示唆的な意味合いを含んでいるようにも思われる。さらに言えば、極めて現代的なメッセージでもあるようである。

美禰子との別れ「我が罪は常に我が前にあり」

三四郎は二日目の演芸会に行った。広田先生を誘ったが、先生は行かなかった。途中まで散歩の先生と歩いた。そこでギリシャの芝居の話を先生から聞いた。専ら戸外で遣ったらしい。先生と別れて演芸会場に入場した。美禰子も野々宮さんもよし子もいた。原口さんも幕の間から出てきた。

そのうち「ハムレット」が始まった。幕が降りた。美禰子とよし子が席を立った。三四郎も立ったが、二人の女は男と話している。男の横顔を見て三四郎は引き返した。そして、そのまま下宿へ帰った。翌日から少し熱が出た。講義に出ない三四郎を心配して与次郎が訪ねてきた。風邪談義をしている中で、三四郎は、前に与次郎が「美禰子さんの事を知っているか」と尋ねたことを聞いてみた。要領を得ない答えながら、要するに美禰子の縁談が決まったらしいが、相手がよく分からない。野々宮さんではないらしい。

三四郎は、与次郎に美禰子に関する凡ての事実を隠さずに話してくれと求めた。

与次郎はその時始めて、美禰子に関する不思議な説明をした。与次郎のいう所によると、よし子にも結婚の話しがある。それから美禰子にもある。それだけならば好《い》いが、よし子の行く所と、美禰子の行く所が、同じ人らしい。だから不思議なのだそうだ。

三四郎も少し馬鹿にされたような気がした。しかしよし子の結婚だけは慥《たしか》である。現に自分がその話しを傍《そば》で聞いていた。ことによるとその話を美禰子のと取り違えたのかも知れない。けれども美禰子の結婚も、全く嘘ではないらしい。三四郎は判然《はっきり》とした所が知りたくなった。ついでだから与次郎に教えてくれと頼んだ。与次郎は訳なく承知した。よし子を見舞いに来るようにしてやるから、直《じか》に聞いて見ろという。旨《うま》い事を考えた。（岩波文庫版二八三頁）

三四郎は、インフルエンザの薬を服用して大分楽になってきた。そこへよし子が見舞いに来た。蜜柑の籠を出し、美禰子さんからの注意もあり持参したという。美禰子さんは多忙で来れないから「よろしく」と。そして、いよいよ本丸の縁談調査である。よし子によると、美禰子の縁談は纏まったらしい。しかも相手はよし子と結婚する予定であった男性だという。美禰子の兄の友達らしい。よし子の縁談は流れたのである。そして、また兄（野々宮）と一緒に家をもつ事になった旨を告げた。美禰子が嫁げば、そこで厄介になるわけにはいかないからである。

数日後の日曜日、三四郎は美禰子の家に行った。丁度よし子が兄の所へ行く所であった。美禰子は会堂（教会）だと言う。三四郎はよし子と別れ、会堂に向かった。会堂での催事が終わり、美禰子が出てきた。三四郎はそこで前に借りていたお金の入った紙包みを美禰子に渡した。美禰子は受け取った。

「結婚なさるそうですね」――中略――

「ご存じなの」といいながら、二重瞼《ふたえまぶた》を細目にして、男の顔を見た。三四郎を遠くに置いて、かえって遠くにいるのを気遣い過《す》ぎた眼付である。そのくせ眉だけは明確《はっきり》落ちついている。三四郎の舌が上顎《うわあご》へ密着してしまった。

女はややしばらく三四郎を眺めた後、聞兼るほどの嘆息《ためいき》をかすかに漏らした。やがて細い手を濃い眉の上に加えていった。

「われは我が愆《とが》を知る。我が罪は常に我が前にあり」

聞き取れない位な声であった。それを三四郎は明かに聞き取った。三四郎と美禰子はかようにして分かれた。下宿へ帰ったら母からの電報が来ていた。開けて見ると、何時立つとある。（岩波文庫版二九〇頁）

恋の顛末は意外な中身を含みながら三四郎の前に明らかになってきた。借りた御金を返したところで、美禰子が遠い存在になることが分明になった。その別れの言葉は、旧約聖書にある詩句の一部であった。そこには、美禰子が三四郎の心を惑わしたことへの悔悟の気持ちが込められているのではなかろうか。

「森の女」「迷羊《ストレイシープ》・迷羊《ストレイシープ》」

原口さんの画が完成した。「森の女」というタイトルである。美禰子が団扇を翳して立った姿勢である。美禰子は夫に連れられてきた。二人とも作品には満足のようである。広田先生と野々宮さんと与次郎と三四郎も、展示会開会後最後の土曜日に来た。他の作品は後回しにして「森の女」の所に来た。

与次郎が三四郎の傍へ来た。

「どうだ森の女は」

「森の女という題が悪い」

「じゃ、何とすれば好いんだ」

三四郎は何とも答えなかった。ただ口の内で迷羊《ストレイシープ》・迷羊《ストレイシープ》と繰返した。

美禰子の結婚披露宴の招待状は、三四郎が帰京の当日机の上に見たが、既に時期は過ぎていた。（岩波文庫版二九三頁）

余談として

漱石はこの『三四郎』の連載を始めるに際して、朝日新聞社の渋川玄耳に対し、次のような「予告」をしている。

「田舎の高等学校を卒業して東京の大学に這入った三四郎が新しい空気に触れる。そうして同輩だの先輩だの若い女だのに接触して、色々に動いて来る。手間は此空気のうちに是等の人間を放す丈である。あとは人間が勝手に泳いで、自ら波瀾が出来るだろうと思う。そうこうしているうちに読者も作者も此空気にかぶれて、是等の人間を知る様になる事と信ずる。もしかぶれ甲斐のしない空気で、知り栄のしない人間であったら御互に不運と諦めるより仕方がない。ただ尋常である。摩訶不思議はかけない。」（小山文雄『漱石先生からの手紙』岩波書店四四頁）

一見、平明に見える叙述であるが、なかなかにその舞台装置は細やかである。青年三四郎が熊本という田舎から東京という大都会へ出て来て、学びの主としていろいろな経験を重ねていくのであるが、そこには、男女の関係、故郷と都会、野暮と洗練、日本と西洋、書物の世界と現実の世界等の対照をなすいくつかの問題が提示される（平川祐弘『内と外からの夏目漱石』河出書房新社一七六頁）。

この作品の中の何処に漱石自身が投影されているのだろうか、などと思いつつ読んでいると、それはいろいろな場面に反映しているのであろうと思われるが、強いて登場人物の中から選ぶとすれば、やはり広田先生なのかなどと推測するのである。それを象徴するセリフが、日本は「亡《ほろ》びるね」と三四郎に車中で述べた言葉が代表的であるように思う。この青春小説を現代的視点に立って読み返すのも、また大いに意味のあることであると思う。

六　漱石と書簡（手紙）

漱石が遺した書簡は、岩波書店版『漱石全集』の第十四、十五巻に所収の二千二百五十二通（これ以外にも存在する）という数（三好行雄編『漱石書簡集』岩波文庫版三五〇頁）を見ても、いかに多いかが分かる。漱石は手紙を書くことが好きだったのであろう。家族や友人や門下生などに宛てたものが多い。

「作家の書簡は、ことばにかかわって生きる人間の自己証明として、作品とはまた違った別な魅力で読者を誘うものである。なかでも、夏目漱石の書簡は、長文の手紙を書くことを苦にしなかった旺盛な筆力とともに、その誠実な心情の吐露、歯に衣《きぬ》着せぬ率直な表現、受け手に応じた自在な語り口などによって、この作家の人間と思想の振幅を伝えるものとして定評がある。」（三好行雄編『漱石書簡集』解説三四七頁）

また、門下生の一人である小宮豊隆は、「単独に書簡だけを読んで、其所から一貫した漱石を発見するのも、また興味深い仕事たる事を失わない」（三好行雄、前掲三四八頁）と述べている。確かに味わい深い内容に溢れており、小説とはまた異なる漱石の魅力を抱かずにはおれないものが多い。

　ここでは、それらの中からいくつかを選んで紹介してみたい。基本的には前記『漱石書簡集』（岩波文庫版）の中から選んでいる。文中一部省略している部分もある。

明治二十四年（一八九一年）八月三日「嫂登世の死」正岡子規あて

　不幸と申し候は余の儀にあらず。小生嫂《あによめ》の死亡に御座候。実は去る四月中より懐妊の気味にて悪阻《おそ》と申す病気にかかり、とかく打ち勝《すぐ》れず漸次重症に陥り子は闇より闇へ、母は浮世の夢二五年を見残して冥土へまかり越し申候。天寿は天命死生は定業《じょうごう》とは申しながら洵《まこと》に洵に口惜しき事致候。

　わが一族を賞揚するは何となく大人気なき儀には候へども、あれほどの人物は男にもなかなか得やすからず、況《まし》て婦人中には恐らく有之《これある》まじくと存をり候。そは夫に対する妻として完全無欠と申す義には無之候へども、社会の一分子たる人間としてはまことに敬服すべき婦人に候ひし。先ず節操の毅然たるは申すに不及《およばず》、性情の公平正直なる胸懐の洒々《しゃしゃ》落々《らくらく》として細事に頓着せざるなど、生れながらにして悟道の老僧の如き見識を有したるかと怪まれ候位、鬚髯鬖々《しゅぜんさんさん》たる生悟《なまさと》りのえせ居士《こじ》はとても及ばぬ事、小生自ら慚愧《ざんき》仕候事幾回なるを知らず。かかる聖人も長生きは勝手に出来ぬ者と見えて遂に魂帰冥漠魄帰泉《こんはめいばくにきしはくはせんにきす》只住人間二五年《ただにじんかんにすみてにじゅうごねん》と申す場合に相成候。さはれ平生仏けを念じ不申《もうさず》候へば極楽にまかり越す事も叶ふまじく、耶蘇《ヤソ》の子弟にも無之候へば天堂に再生せん事も覚束なく、一片の精魂もし宇宙に存するものならば二世と契りし夫の傍か、平生親しみ暮せし義弟の影に髣髴《ほうふつ》たらんかと夢中に幻影を描き、ここかしこかと浮世の羈絆《きはん》につながる死霊を憐み、うたた不《ふ》便《ぴん》の涙にむせび候。母を失い伯仲二兄を失ひし身のかかる事には馴れやすき道理なるに、一段ごとに一層の悼惜を加へ候は、小子感情の発達未だその頂点に達せざる故にや。心事御推察被下《くだされ》たく候。

悼亡の句数首左に書き連ね申候。俳門をくぐりしばかりの今、道心佳句のありようは無之、一片の哀情御酌取り御批判被下候はば幸甚。

朝貌《あさがお》や咲たばかりの命哉《かな》
君逝《ゆ》きて浮世に花はなかりけり
骸骨やこれも美人のなれの果

（ほか十句以下略）（『漱石書簡集』二七頁）

嫂の登世の死は、漱石にとってもよほど衝撃であったことが文面によく出ている。恐らく、人間として心から尊敬していたのであろうことが窺われるのである。哀惜の念が溢れている。

江藤淳氏によれば、漱石はこの登世を恋していたという仮説を立てておられるが、果たしてどうであろうか（江藤淳『漱石とその時代・第一部』一八三頁以下）。

明治三十四年（一九〇一年）一月二十二日「ロンドンの生活」夏目鏡子あて

その後は如何御暮し被成《なされ》候や朝夕案じ暮しをり候。先以《まずもっ》て皆々様御丈夫の事と存候。其許《そこもと》も御壮健にて今頃は定めし御安産の事と存候。こちらも無事にて日々勉強に余念なく候。御懸念あるまじく候。小児出産前後は取分け御注意可然《しかるべく》と存候。当地冬の季候極めてあしく霧ふかきときは濛々《もうもう》として月夜よりもくらく不愉快千万に候。はやく日本に帰りて光風霽月《こうふうさいげつ》と青天白日を見たく候。当地日本人はあまた有之《これあり》候へども交際すれば時間も損あり、かつ金力にも関する故なるべく独居読書にふけりをり候。幸い着以後一回も風をひかず何よりありがたく候。近頃少々腹具合あしく候へどもこれとても別段の事には無之どうか留学中には病気にかかるまじくと祈願致をり候。

倫敦《ロンドン》の市内を散歩すればほしき物沢山有之、国へ帰るとき見やげものにしたきものも非常に多く候へども、如何にせん微力にて一向買ふ事出来ず、故に散歩のときは場末の田舎のみをあるきをり候。

先年熊本にて筆と御写し被成候写真一枚ついでの節御送り可被下《くださるべく》候。厚き板紙の間に挟み二枚糸にてくくり郵便に御投じ可被下候。当地は十円位出さねば写真もとる事出来ず候故小生は当分送りがたく候。―中略―

気候は随分寒き事有之候へども概して東京より凌《しの》ぎよく、この二、三日は春の如き心地居致候位それも例年この通なるや分かりかね候。東京はさぞ寒き事と存候。正月のやうな心持は少しもなく候。

芝居には三、四度参り候。いづれも場内を赤きビロードにて敷きつめ見事なる事たまげるばかりに候。道具衣装の美なる事また人目を驚かし候。中にも寄席芝居のやうなものは、五、六十人の女翩々《へんぺん》たる舞衣をつけて入り乱れて躍《おど》り候様《さま》皆に見せたきほどうつくしく候。

―中略―

日本にゐる内はかくまで黄色とは思はざりしが当地にきて見ると自ら己れの黄色なるに愛想をつかし申候。その上脊が低く見られた物には無之非常に肩身が狭く候。向ふから妙な奴が来たと思ふと自分の影が大きな鏡に写つてをつたりなどする事毎々有之候。顔の造作は致し方なしとして脊丈は大きくなりたく、小児はなるべく椅子に腰をかけさせて座らせぬがよからんと存候。尤長く当地にゐる人は大抵奇麗にてどこか垢ぬけ致をり候へども、脊丈は十年をつても高くなる事は御座なく閉口の至《いたり》に候。往来にて自分より脊の低き西洋人に逢つた時はよほど愉快に候。しかし大抵の女は小生より高く候。恐縮の外無之候。住みなれぬ処は何となくいやなものに候。その上金がないときた日にはにつちもさつちも方が就かぬ次第に候。下宿に籠城して勉強するより致方《いたしかた》なく、外へ出るとつい金を使う恐あるものに候。

筆は定めし成人致し候事と存候。時々は模様御知らせ可被下《くださるべく》候。少し歩行《ある》くやうになると危険なものに候。けがなきやう御注意可被下候。——中略——

産後の経過よろしく丈夫になり候へば入歯をなさい。金がなければ御父ッさんから借りてもなさい。帰ってから返して上ます。髪などは結はぬ方が毛のため脳のためよろしい。オードキニンといふ水がある。これはふけのたまらない薬だ。やって御覧。はげがとまるかも知れない。

余り長くかくと時がつぶれるからこれ位にして置く。

三十四年一月二十二日夜

金之助

鏡どの

(『漱石書簡集』七五頁)

漱石がロンドンに着いたのは前年の十月末であるから、滞在約三カ月くらいの時の手紙である。これ以前にも、もちろん書いている。ロンドンでの生活の一端を嘆息まじりに書きつつ、他方で鏡子夫人や長女の筆子のこと、次女の産後のことなどを心配して事細かに記している。

筆子はこの時数えで二歳であり、文中の出産云々は、この年の一月に実家で生まれた次女の恒子のことをさしている。筆子の写真を送るように、その送り方まで触れているのは、漱石の几帳面な一面が出ているようでもある。

明治三十五年（一九〇二年）十二月一日「子規追悼」高浜虚子あて

啓　子規病状は毎度御恵送の『ホトトギス』にて承知致候処、終焉の模様逐一御報被下《くだされ》奉謝候。小生出発の当時より生きて面会致す事は到底叶ひ申《もうす》まじくと存候。これは双方とも同じような心持にて別れ候事故《ゆえ》今更驚きは不致、ただただ気の毒と申すより外なく候。但しかかる病苦になやみ候よりも早く往生《おうじょう》致す方あるいは本人の幸福かと存候。『倫敦《ロンドン》通信』の儀は子規存生中慰藉かたがたかき送り候筆のすさび、取るに足らぬ冗言と御覧被下たく、その後も何かかき送りたくとは存候ひしかど、御存じの通りの無精ものにて、その上時間がないとか勉強をせねばならぬなどと生意気な事ばかり申し、ついつい御無沙汰をしている中に故人は白玉楼中の人と化し去り候やうの次第、誠に大兄らに対しても申し訳なく、亡友に対しても慚愧《ざんき》の至《いたり》に候。

同人生前の事につき何か書けとの仰せ承知は致し候へども、何をかきてよきや一向わからず、漠然として取り纏めつかぬに閉口致候。

さて、小生来《きたる》五日いよいよ倫敦発にて帰国の途に上り候へば、着の上久々にて拝顔、種々御物語可仕《つかまつるべく》万事はその節まで御預りと願ひたく、この手紙は米国を経て小生よりも四、五日さきに到着致す事と存候。子規追悼の句何かと案じ煩い候へども、かく筒袖姿にてビステキのみ食ひをり候者には容易に俳想なるもの出現仕《つかまつ》らず、昨夜ストーブの傍にて左の駄句を得申候。得たると申すよりはむしろ無理やりに得さしめたる次第に候へば、ただ申訳のため御笑草として御覧に入《いれ》候。近頃の如く半ば西洋人にて半日本人にては甚だ妙ちきりんなものに候。

文章などかき候ても日本語でかけば西洋語が無茶苦茶に出て参候。また西洋語にて認《したた》め候へばくるしくなりて日本語にしたくなり、何とも始末におへぬ代物と相成候。日本に帰り候へば随分の高襟党《ハイカラとう》に有之《これある》べく、胸に花を挿して自転車へ乗りて御目にかける位は何でもなく候。

倫敦にて子規の訃《ふ》を聞きて

筒袖や秋の柩《ひつぎ》にしたがはず
手向《たむ》くべき線香もなくて暮の秋
霧黄なる市に動くや影法師
きりぎりすの昔を忍び帰るべし
招かざる薄《すすき》に帰り来る人ぞ

皆蕪雑、句をなさず。叱正。（十二月一日、倫敦、漱石拝）
（『漱石書簡集』一一四頁）

漱石は英国留学に出発する時点で、子規と再び生きて会うことは叶うまいと見ていたし、鏡子夫人からの便りでも子規の病状の重篤《じゅうとく》なことは知っていたので、漱石にしてみればこの訃報は予期していたことではあったことかも知れない。しかし、漱石の中に占める子規の存在の大きさを考えれば、やはりショックであったに違いない。まして留学期間を終えて帰国の直前であったことを思えば、「なぜもう少し生きて待っていてくれなかったのか」という思いが胸中の一片にあったとしても不思議ではない。悲しい別れであった。

明治三十九年（一九〇六年）二月十五日「死ぬまで進歩するつもり」森田草平あて

また手紙をあげます。
自分の作物《さくぶつ》に対して後悔するのは芸術的良心の鋭敏なのでこれほど結構な事はない。この量見がなければ文学者になる資格はないと思う。
自分で自分の価値は容易に分かるものではない。古来からちっとも文芸に志さなかったものが急に筆を執って立派な作を出した例は沢山ある。それまでは自分の何物かが分からなかったのである。小説とか何とかいうものは必ず一足飛びに大作は出来るとは限っておらん。突然うまいものをかくのは天分の充分に発揮されるべき機が熟した時に限るので他の人は書きつつも熟しつつも進んで行くのである。

僕のようなものが到底文学者の例にはならないが、僕は君位の年輩のときには今君がかく三分の一のものもかけなかった。その思想は頗る浅薄なもので、かつ狭隘《きょうあい》極まるものであった。僕が二十三、四にかきかけた小説が十五、六枚残っていた。よんで見ると馬鹿気てまずいものだ。あまり恥ずかしいから先達《せんだっ》て妻に命じて反古《ほご》にしてしまった。

勿論今でも御覧の通りのものしか出来ぬが、しかし当時からくらべるとよほど進歩したものだ。それだから僕は死ぬまで進歩するつもりでいる。

それから今日の事を申すと（例えば『猫』を一節かくと）この次にはもうかく事があるまいと思う。しかしいざとなると段々思想も浮かんでくる。先ず前回位なものは出来る。すべてやり遂げて見ないと自分の頭のなかにはどれ位のものがあるか自分にも分からないのである。

君なども死ぬまで進歩するつもりでやればいいではないか。作に対したら一生懸命に自分のあらん限りの力をつくしてやればいいではないか。後悔は結構だがこれは自己の芸術的良心に対しての話で世間の批評家や何かに対して後悔する必要はあるまい。

君は自我の縮小を嘆じていると同時に君の手紙中には大に自我を立てている。君の手紙の如く我が立っていながらそれでも自ら小さい小さいと嘆息するのは畢竟幾分かのウソが籠っている。

コンフェション（注：告白・ざんげ）の文学は結構である。コンフェションの文学ほど人に教えるものはない。それで沢山だから立派なものを書けばよい。容れられない事はない。君は未だその方面において雄飛して見ないのである。

君の文章には君位の年輩の人にしてはと思うような警句が所々ある。それだけでも君は一種の宝石を有している。君の手紙を見ると言廻し方のなかなかうまい所がある。他人が後悔せぬ所を恨む辺はうまくかきこなしたものだ。君の手紙のうちには形容の妙な言語もある。ドブ鼠のように音もたてずに凍りついて死にたいなどは振《ふる》ったものだ。

君の批評を見ると普通の雑誌記者などよりも遥かに見識が見える。よくよんでいる。だから自分の作物上にでもその見識は応用され得るに相違ない。

僕は君において以上の長所を認めている。何故に萎縮するのである。今日大なる作物が出来んのは生涯出来んという意味にはならない。たとい立派なものが出来たって世間が受けるか受けないかそんな事はだれだって受け合われやしない。ただやるだけやる分の事である。

衣食は無論窮する事位覚悟しなければならない。そんなに贅沢をして見たり名文をかいて見たりしては冥利《みょうり》がわるい。

この夏は君は卒業する。卒業すればパンのために苦しむ。当前《あたりまえ》である。それがいやなら、すぐに中学校の口をさがして田舎に行けばよい。

僕の旋毛《つむじ》は直《なお》き事砥《し》の如し。世の中が曲っているのである。『猫』は苦しいのを強《し》いて笑ってるばかりじゃない。ほんとに笑っているのである。

この手紙に対して別段返事はいらない。ただ奮《ふる》って強勉《きょうべん》し玉え。以上

二月十五日

金之助

森田兄

（『漱石書簡集』一四八頁）

森田草平は漱石の開いていた文章会のメンバーの一員でもあり、東大講師時代の門下生の一人でもある。後に平塚らいてうとの恋愛事件をモチーフにした『煤煙』（岩波文庫）を著したことでも知られている。この手紙は、彼がまだ学生時代に漱石から宛てられたものであるが、若い能力を成長させようとする温かい心情が詰まっているようである。相手の個性と資質を見極めながら手紙の中味を構成している。本当の親心がなければできない内容である。それには、人を見る眼の確かさが前提となる。その意味でも、漱石の人に対する眼力は抜きん出ているように思われる。森田草平宛ての書簡は他にも多数残されていて、漱石の人間性を窺うのにも貴

重なものが多い。

明治四十年（一九〇七年）三月二十三日「大学を去る覚悟」野上豊一郎あて

御手紙拝見。小生が大学を退くことについて御懇篤なる御言葉をうけ慚愧《ざんき》の至《いたり》に候。僕の講義でインスパヤーされたとあるのは甚だ本懐の至り、講座に上るものの名誉不過之《これにすぎず》と存候。世の中はみな博士とか教授とかをさもありがたきもののやうに申しをり候。小生にも教授になれと申候。教授になって席末に列するの名誉なるは言ふまでもなく候。教授は皆エラキ男のみと存候。しかしエラカラざる僕の如きは殆んど彼らの末席にさへ列するの資格なかるべきかと存じ、思い切って野《や》に下《くだ》り候。生涯はただ運命を頼むより致し方なく前途は惨怛たるものに候。

それにもかかはらず大学に噛み付いて黄色になったノートを繰り返すよりも人間として殊勝ならんかと存候。小生向後《こうご》何をやるやら何が出来るやら自分にも分からず。ただやるだけやる而已《のみ》に候。頻年大学生の意気妙に衰へて俗に赴くやうに見うけられ候。大学は月給とりをこしらへてそれで威張ってゐる所のやうに感ぜられ候。月給は必要に候へども月給以外に何にもなきものどもごろごろして毎年赤門を出て来るは教授連の名誉不過之と存候。彼らはそれで得意に候。小生は頃日《けいじつ》ヘーゲルが伯林《ベルリン》大学で開講せし当時の情況を読んで大に感心致し候。彼の眼中は真理あるのみにて聴講者もまた真理を目的にして参り候。月給をあてにしたり権門からよめを貰ふような考で聴講せるものはなき様子に候。呵々《かか》。

京へは参り候。京の人形御所望なれば御見やげに買って参るべく候。どんなのが京人形やら実は知らぬにて候。京都には狩野という友人有之《これあり》候。あれは学長なれども学長や教授や博士などよりも種類の違ふたエライ人に候。あの人に逢ふために候。わざわざ京へ参り候。一力《いちりき》は如何《いかが》相成るやわかりかね候。大阪へも参りて新聞社の人々と近付になるつもりに候。昨夜はおそく相成、今日はひる寝をして暮し候。学校をやめたら気が楽になり候。春雨は心地よく候。以上。

三月二十三日

夏目金之助

野上豊一郎様

（『漱石書簡集』一九三頁）

野上豊一郎も漱石の門下生の一人である。英文学者として活躍しまた、能の研究に新分野を開いたことでも知られている人で、夫人は作家の野上弥生子である。

弥生子も漱石の支援を得ていた。この手紙は、野上豊一郎が、漱石が大学を辞職するのを知って出した手紙に対する返信である。大学のありよう、学生のありよう、に関連して、ベルリン大学におけるヘーゲルの哲学開講当時の情況と比較しての感想などは、現代のわが大学の有様にもそのままあてはまりそうである。『三四郎』の中にも同様の記述がある。

明治四十年（一九〇七年）七月二十三日「細君は始めが大事」野間真綱あて

暑いのに牛込まで通うのは難儀だなどというのは不都合だ。口を糊《のり》するに足を棒にして脳を空《から》にするのは二十世紀の常である。不平などをいうより二十世紀を呪咀《じゅそ》する方がよい。夫婦は親しきを以て原則とし親しからざるを以て常態とす。君の夫婦が親しければ原則に叶う。親しからざれば常態に合す。いずれにしても外聞はわるい事にあらず。君の事を心配したからというて感涙などを出すべからず。僕はむやみに感涙などを流すものを嫌う。感涙などを云々するは新聞屋が〇〇の徳を讃し奉る時に用いるべき言語なり。僕は君に世話がして上げたくても無能力である。金は時々人が取りに来る。あるものは人に借すが僕の家の通則である。遠慮には及ばず。結婚の費用を皆川のような貧乏人に借りるのは不都合である。

細君は始めが大事也。気をつけて御し玉え。女ほどいやなものはなし。どこかへ遊びに行きたいが『虞美人草』をかいてしまうまでは動きたくない。野村には一向逢わない。毎日客がくる。

君は気が弱くていけない。一所になって泣けば際限のない男である。ちとしっかりしなければ駄目だよ。頓首。

七月二十三日　　　　　　　　　　　　　　　　　　　　　　金

真綱様

(『漱石書簡集』一九六頁)

野間真綱も漱石門下生の一員であった。短い文章の中に味わい深い言葉や考えが並んでいる。「夫婦は親しきを以て原則とし親しからざるを以て常態とする」とは、まさに言い得て妙である。「感涙」感もしかりである。「細君は最初が大事」というのは、二十世紀的価値観に基づくもので、現代ではその逆も真なりというところであろうか。文面からは、野間真綱という人は性格的に温厚気弱な人のようである。忠告もぴしりとしているところが漱石らしい。愛情溢れる書簡ではないか。

明治四十四年(一九一一年)二月二十一日「博士号は辞退したい」福原鐐二郎あて

拝啓　昨二十日夜十時頃私留守宅へ(私は目下表記の処に入院中)本日午前十時学位を

授与するから出頭しろという御通知が参ったそうであります。留守宅のものは今朝電話で主人は病気で出頭しかねる旨を御答えして置いたと申して参りました。
学位授与と申すと二、三日前の新聞で承知した通り博士会で小生を博士に推薦されたについて、右博士の称号を小生に授与になる事かと存じます。然るところ小生は今日までただの夏目なにがしとして世を渡って参りましたし、これから先もやはりただの夏目なにがしで暮したい希望を持っております。従って私は博士の学位を頂きたくないのであります。この際御迷惑をかけたり御面倒を願ったりするのは不本意でありますが、右の次第故《ゆえ》学位授与の儀は御辞退致したいと思います。宜《よろ》しく御取計を願います。敬具
二月二十一日
夏目金之助
専門学務局長　福原鐐二郎殿
（『漱石書簡集』二四〇頁）
有名な文学博士授与辞退問題で漱石が文部省あてに出した最初の文書である。以後四月ころまで何度かやり取りが続いたようである。この問題の結末は水入り引き分けのような形で決着している。この問題の経緯については江藤淳『漱石とその時代』第四部（三七二頁）に詳しい。
なお、この問題に関する漱石の未発表に終わった一つの原稿の内容が、鏡子夫人により明ら

かにされているので、それを紹介しておきたい（夏目鏡子『漱石の思い出』文春文庫・二八〇頁）。

学位授与の問題がやかましくなっている。学位を与えようとした人々の量見が好意に出たものであるということはもちろんのことである。

とはいえ世間が一般に名誉と思うものであるからというて、推薦した人々の量見が好意に出でたのであるというわけで、受けない方が無理だと論ずるのはあまりに単純である。親切は押し売りをすべきものでない。押し売りをすればすでに親切ということはできない。

学位を与えるのは命令であるとか、与えられた者はこれを受けるべき義務があるとかいうのは俗論である。屁理屈である。

学位を与えるのは名誉のためだというならば無理に与えねばならぬ理由はあるまい。官職さえも強制せぬのである。名誉を強制する理屈はとうてい発見することができぬのである。

与えるといったら喜んで受けるだろうと思ったのは、思った人の誤りである。いわゆる己《おのれ》をもって人を量つたものである。手前の手落のために人に迷惑をかける理由はあるまい。

学位に頓着しないで独《ひと》り自ら高うする者があるというのは、邦家のためにむしろ祝すべきではあるまいか。

与えようとした初めの親切心に立ち戻り、受けたくないというならば、潔く先の決定を取り消せばそれで済むのである。あまり窮屈に考えるから物事がめんどうになるのである。実につまらぬ問題と自分は考える。

どうしてここまで意地になったのかなどと推測するのは愚考であろう。要するに、「そんなものは要らない」という漱石のライフスタイルがすべてであると理解しておきたい。何かと云えば勲章、肩書、地位が欲しくてたまらない人が掃いて捨てるほどいる世の中である。爽やかではないか。

大正二年（一九一三年）七月二十一日、寺田寅彦あて

きのうは留守に来て菓子を沢山置いて行って下さいましてまことに難有《ありがと》う存じます。あの時は男の子を二人引連れて高田の馬場の諏訪の森へ遊びに行っていましたので失礼しました。晩に女客があって今日は土曜（用）の入だという事を聞きあの菓子は暑中見舞なんだろうと想像しましたがそうなんですか夫《それ》とも不図《ふと》した出来心から拙宅へ来て寝転んで食う積《つもり》で買って来たんですかそうすると大いにあてが外れた訳で恐縮の度を一層強くする事になります兎《と》に角《かく》菓子は食いましたよ学校がひまになったら又ちょいちょい遊びに入《い》らっ

しゃい不取敢《とりあえず》御礼旁《かたがた》御詫《わ》まで奥様へよろしく今度小供を連れて来て御覧なさいうちの子供と遊ばせて見るから軍鶏《シャモ》を蹴合《けあわ》せるような乱暴はしないから大丈夫です。以上

金之助

七月二十一日

寅彦様

（小山文雄『漱石先生からの手紙』岩波書店六五頁）

寺田寅彦は、漱石の門下生の中でも漱石との交わりが最も濃密であった一人である。その交流は、寅彦が熊本の第五高等学校の学生の時から始まっていた。この手紙は漱石の晩年に属するころのものであるが、この文面からも二人の師弟関係がどんなに深く、堅いものであるかが推測できよう。

寅彦は『吾輩は猫である』の中の寒月のモデルであるとされており、『三四郎』の野々宮宗八のモデルでもある。その意味では、漱石作品の中では寅彦が直接的、間接的に寄与している部分が多いことも事実である。この手紙からも推測できるが、おそらく寅彦は頻繁に漱石宅を訪れて、漱石と共にする時間を楽しんでいたのであろう。ほのぼのとした気持ちが伝わるような手紙である。

関連して、寺田寅彦が、漱石が逝って後に追悼として記した文章の一部を紹介しておこう。

「色々な不幸のために心が重くなったときに、先生に会って話をしていると心の重荷がいつの間にか軽くなっていた。不幸や煩悶のために心の暗くなった時に先生と相対していると、そういう心の黒雲が奇麗に吹き払われ、新しい気分で自分の仕事に全力を注ぐことができた。先生というものの存在そのものが心の糧となり医薬となるのであった。」(小山文雄前掲書二〇五頁)

大正五年(一九一六年)二月十九日「『鼻』の批評」芥川龍之介あて

拝啓。『新思潮』のあなたのものと久米君のものと成瀬君のものを読んで見ました。あなたのものは大変面白いと思います。落着があって巫山戯《ふざけ》ていなくって自然そのままの可笑味《おかしみ》がおっとり出ている所に上品な趣があります。それから材料が非常に新しいのが眼につきます。文章が要領を得て能《よ》く整っています。敬服しました。ああいうものをこれから二、三十並べて御覧なさい。文壇で類のない作家になれます。しかし『鼻』だけでは恐らく多数の人の眼に触れないでしょう。触れてもみんなが黙過するでしょう。そんな事に頓着しないでずんずん御進みなさい。群衆は眼中に置かない方が身体の薬です。

久米君のも面白かった。ことに事実という話を聴いていたからなおの事興味がありました。しかし書き方やその他の点になるとあなたの方が申分なく行っていると思います。成瀬君のものは失礼ながら三人の中で一番劣ります。これは当人も巻末で自白しているから

蛇足ですが、感じた通りをそのままつけ加えて置きます。以上

二月十九日

夏目金之助

芥川龍之介様

(『漱石書簡集二九九頁』)

この手紙は、芥川龍之介が二十四歳の時のものである。彼の作品の『鼻』を激賞し、彼が文壇において将来確固たる地位を得る可能性を明言している。芥川の才能を見抜いていたわけである。芥川にしても、これは大きな自信になったのではなかろうか。事実、これ以後、『羅生門』、『河童』、『或る阿呆の一生』などの名作を紡ぐことになる。しかし、わずか三十五歳で自らの命を絶ったのである。雑司ヶ谷墓地に眠る漱石居士も、それだけは予測していなかったのではなかろうか。

芥川龍之介が命を絶ったのは昭和二年(一九二七年)七月二十四日であるが、彼の最後に遺した句がある。「水洟や鼻の先だけ暮れ残る」である。自殺する直前に同居していた叔母に、主治医の先生が来たら渡して欲しいと頼んだものである。漱石によって『鼻』の激賞を受けて出世作となった彼が最後に遺したのが「鼻」の句であったとは、小説と俳句の因縁のようなものが感じられるのである。(『虚子記念文学館報』第二二号一頁)

七　小説『門』——生活描写の妙に酔う

『門』は、漱石の作品の中でも大好きな小説の一つである。野中宗助とその妻御米の夫婦が、東京郊外の山の手の崖の下の借家でつつましく暮らしている。その日常の暮らしの様子が描かれているのであるが、その描かれている光景の構成方法、表現方法にまず惹きつけられてしまうのである。

その典型が冒頭の部分の一節である。宗助が縁側へ座蒲団を持ち出して、日当たりのよさそうな所へ気楽に胡坐《あぐら》をかいている。秋日和と名のつく程の上天気である。肱枕《ひじまくら》をして軒から上を見ると、奇麗な空が一面に蒼く澄んでいる。障子の中では御米が裁縫をしている。

「おい、好い天気だな」と話し掛けた。細君は、

「ええ」と云ったなりであった。宗助も別に話がしたい訳でもなかったと見えて、それなり黙ってしまった。しばらくすると今度は細君の方から、

「ちっと散歩でも為《し》ていらっしゃい」と云った。然しその時は宗助が唯うんと云う生返事を返しただけであった。

二三分して、細君は障子の硝子《ガラス》の所へ顔を寄せて、縁側に寝ている夫の姿を覗《のぞ》いて見た。夫はどういう了見か両膝を曲げて海老の様に窮屈になっている。そうして両手を組み合わして、その中へ黒い頭を突っ込んでいるから、肱に挟まれて顔がちっとも見えない。

「貴方《あなた》そんな所へ寝ると風邪引いてよ」と細君が注意した。細君の言葉は東京の様な、東京でない様な、現代の女学生に共通な一種の調子を持っている。

宗助は両肱の中で大きな眼をぱちぱちさせながら、

「寝やせん、大丈夫だ」小声で答えた。――中略――

急に思い出したように、障子越しの細君を呼んで、

「御米《およね》、近来の近の字はどう書いたっけね」と尋ねた。細君は別に呆《あき》れた様子もなく、若い女に特有なけたたましい笑声も立てず、

「近江《おうみ》のおうの字じゃなくって」と答えた。

「その近江のおうの字が分からないんだ」

細君は立て切った障子を半分ばかり開けて、敷居の外へ長い物指を出して、その先で近の字を縁側へ書いて見せて、

「こうでしょう」と云ったぎり、物指の先を、字の留った所へ置いたなり、澄み渡った空

を一しきり眺め入った。宗助は細君の顔も見ずに、

「やっぱりそうか」と云ったが、冗談でもなかったと見えて、別に笑《わらい》もしなかった。細君も近の字はまるで気にならない様子で、

「本当に好い御天気だわね」と半ば独り言の様に云いながら、障子を開けたまま又裁縫を始めた。すると宗助は肱で挟んだ頭を少し擡《もた》げて、

「どうも字と云うものは不思議だよ」と始めて細君の顔を見た。

「何故《なぜ》」

「何故って、幾何容易《いくらやさし》い字でも、こりゃ変だと思って疑ぐり出すと分からなくなる。この間も今日《こんにち》の今の字で大変迷った。紙の上へちゃんと書いて見て、じっと眺めていると、何だか違った様な気がする。仕舞には見れば見る程今《こん》らしくなくなって来る。——御前そんな事を経験した事はないかい」

「まさか」

「己《おれ》だけかな」宗助は頭へ手を当てた。

「貴方どうかしていらっしゃるのよ」

「やぱり神経衰弱の所為《せい》かも知れない」

「そうよ」と細君は夫の顔を見た。夫は漸《よう》く《やく》立ち上がった。（新潮文庫版五頁以下）

夫婦二人の秋日和と名のつく程の上天気のある日曜日のひとときの情景であるが、実に巧みに描かれている。宗助と御米夫婦の何気ない会話と挙措が、その有様《ありよう》を具体的な映像でも見るかのように鮮やかに頭に収まるようである。

とりわけ、宗助に「近」という字を物指で縁側に書いて見せて、その字の止まった所へ物指を置いたまま空を眺めるところや、「近」という比較的簡単な字を聞かれても格別驚きの表情を見せることもなく、ごく自然に答えて見せる御米の挙措などは、思わず「いいなあー」と感じるとともに、彼女の人間性を窺うフレーズとしてもぐっとくる。しかも、その季節を秋に設定しているのも、この夫婦にとっての「冬」の到来前を予測させる仕掛けのようにも読めるのである。

しかし、この部分だけ読めば、この夫婦に何か一編の物語を紡《つむ》ぐような話の背景があるのだろうかと思われる。が、それは、読み進んでいくうちに少しずつ、膜を剥《は》がすように、この夫婦の過去に重い問題が潜んでいることも分かってくる。それは読んでからのお楽しみということにしておこう。

したがって、ここではストーリーの展開を追うということではなく、この作品の中の随所（全部と言ってもいいのであるが）にある巧みな文章表現の名場面を私流にピックアップして、漱石作品の魅力の片鱗を味わってみたいというのが本項の趣旨である。

宗助は、かつて京都大学の学生であった。その時、安井という友人がいた。彼は下宿住まいをしていたが、ある時それを止めて、学校の近くに一戸を構えたという。

それは京都に共通な暗い陰気な作りの上に、柱や格子《こうし》を黒赤く塗って、わざと古臭く見せた狭い貸家であった。門口に誰の所有とも付かない柳が一本あって、長い枝が殆ど軒に触りそうに風に吹かれる様を宗助は見た。庭も東京と違って、少しは整っていた。石の自由になる所だけに、比較的大きなのが座敷の真正面に据えてあった。その下には涼しそうな苔《こけ》がいくらでも生えた。裏には敷居の腐った物置が空のままがらんと立っている後に、隣の竹藪《たけやぶ》が便所の出入《ではい》りに望まれた。(新潮文庫版一九九頁)

宗助は、十月には少し間のある学期始めのころ、未だ残暑の残る日に安井の家を訪れたのである。御米との運命の出会いの発端である。

彼は格子の前で傘を畳んで、内を覗《のぞ》き込んだ時、粗《あら》い縞《しま》の浴衣を着た女の影をちらりと認めた。格子の内は三和土《たたき》で、それが真直に裏まで突き抜けているのだから、這入ってすぐ右手の玄関めいた上り口を上がらない以上は、暗いながら一筋に奥の方まで見える訳であった。宗助は浴衣の後影が、裏口へ出る所で消えてなくなるまで其処《そこ》に立っていた。それから格子を開けた。玄関へは安井自身が現れた。

座敷へ通ってしばらく話していたが、さっきの女は全く顔を出さなかった。声も立てず、音もさせなかった。広い家《うち》でないから、つい隣の部屋位にいたのだろうけれども、居ないのとまるで違わなかった。この影の様に静かな女が御米《およね》であった。（新潮文庫版二〇〇頁）

一週間後の日曜日また宗助は安井を訪ねた。

それは二人の関係している或会に就《つい》て用事が起ったためで、女とは全く縁故のない動機から出た淡泊な訪問であった。けれども座敷へ上がって、同じ所へ座らせられて、垣根に沿うた小さな梅の木を見ると、この前来た時の事が明らかに思い出された。その日も座敷の外《ほか》は、しんとして静であった。宗助はその静かなうちに忍んでいる若い女の影を想像しない訳に行かなかった。同時にその若い女はこの前と同じ様に、決して自分の前に出て来る気遣いはあるまいと信じていた。この予期の下に、宗助は突然御米に紹介されたのである。（新潮文庫版二〇一頁）

安井にこれは僕の妹だ、と紹介されて、その後、三人で買物に出ることになった。安井が家の鍵を裏の家に預けに行っているわずかの時間に、宗助と御米は二言、三言口を聞いた。

宗助はこの三四分間に取り換わした互の言葉を、いまだに覚えていた。それは只の男が只の女に対して人間たる親《したし》みを表わすために、遣《や》り取りする簡略な言葉に過ぎなかった。形容すれば水の様に浅く淡いものであった。彼は今日まで路傍道上に於て、何かの折に触れて、知らない人を相手に、これ程の挨拶をどの位繰り返して来たか分からなかった。

宗助は極めて短いその時の談話を、一々思い浮べるたびに、その一々が、殆んど無着色と云っていい程に、平淡であった事を認めた。そうして、斯《か》く透明な声が二人の未来を、どうしてああ真赤に、塗り付けたかを不思議に思った。今では赤い色が日を経て昔の鮮かさを失っていた。互を焚《や》き焦《こ》がした焔《ほのお》は、自然と変色して黒くなっていた。二人の生活は斯様《かよう》にして暗い中に沈んでいた。宗助は過去を振り向いて、事の成行《なりゆき》を逆に眺め返しては、この淡泊な挨拶が、如何《いか》に自分等の歴史を濃く彩《いろど》ったかを、胸の中で飽《あく》まで味わいつつ、平凡な出来事を重大に変化させる運命の力を恐ろしがった。

宗助は二人で門の前に佇《たたず》んでいる時、彼等の影が折れ曲がって、半分ばかり土塀に映ったのを記憶していた。御米の影が蝙蝠傘で遮《さえ》ぎられて、頭の代りに不規則な傘の形が壁に落ちたのを記憶していた。少し傾きかけた初秋《はつあき》の日が、じりじり二人を照り付けたのを記憶していた。御米は傘を差したまま、それ程涼しくもない柳の下に寄った。宗助は白い筋を縁に取った紫の傘の色と、まだ褪《さ》め切らない柳の葉の色を、一歩遠退《とおの》いて眺め合わした事を記憶していた。（新潮文庫版二〇三頁）

平坦な会話しか交わさなかった二人の運命的な出会い、それは図ってしたことでもなければ、図ることを意図したものでもない、まさに所与的、偶発的な出会いであった。

その後、三人の交流は、郊外に遊んだり、御米が宗助の下宿を訪ねたりして、密度を増して行く。しかし、宗助の頭では「妹」だと云って紹介された御米が、果たして本当の妹であろうかと考え始めた。三人の交流は続くが、やがて、宗助と御米に決定的な事態が起ることになる。

宗助は当時を憶《おも》い出すたびに、自然の進行が其所ではたりと留まって、自分も御米も忽ち化石してしまったら、却って苦はなかったろうと思った。事は冬の下から春が頭を擡《もた》げる時分に始まって、散り尽くした桜の花が若葉に色を易《か》える頃に終わった。凡《すべ》てが生死《しょうし》の戦《たたかい》であった。青竹を炙《あぶ》って油を絞る程の苦しみであった。大風は突然不用意の二人を吹き倒したのである。二人が起き上がった時は何処《どこ》も彼所《かしこ》も既に砂だらけであったのである。彼等は砂だらけになった自分達を認めた。けれども何時吹き倒されたかを知らなかった。

世間は容赦なく彼等に徳義上の罪を背負《しょわ》した。然し彼等自身は徳義上の良心に責められる前に、一旦茫然《ぼうぜん》として、彼等の頭が確であるかを疑った。彼等は彼等の眼に、不徳義な男女《なんにょ》として恥ずべく映る前に、既に不合理な男女として、不可思議に映ったのである。其所に言訳らしい言訳が何にもなかった。だから其所に云うに忍びない苦痛があった。彼等は残酷な運命が気紛《きまぐれ》に罪もない二人の不意を打って、面白半分穽《おとしあな》の中に突き落としたのを無念に思った。

曝露《ばくろ》の日がまともに彼等の眉間《みけん》を射たとき、彼等は既に徳義的に痙攣《けいれん》の苦痛を乗り切っていた。彼等は蒼白《あおじろ》い額を素直に前に出して、其所に焔《ほのお》に似た烙印《やきいん》を受けた。そうして無形の鎖で繋《つな》がれたまま、手を携えて何処までも、一所に歩調を共にしなければならない事を見出した。彼等は親を棄てた。親類を棄てた。友達を棄てた。大きく云えば一般の社会を棄てた。もしくはそれ等から棄てられた。学校からは無論棄てられた。ただ表向きだけは此方《こちら》から退学した事になって、形式の上に人間らしい迹《あと》を留めた。

これが宗助と御米の過去であった。（新潮文庫版二〇九頁）

まるでそれが運命であるかのように宗助と御米を襲った愛の成り立ちについて、このような表現で語られるのはあまり類を見ない。いつどんな季節の頃に始まり、その移ろいの那辺で終わったのか、それがどんな苦しみを伴うものであったのか、大風に吹き倒されたのが何時だったのかも分からないうちに、二人の愛がお互いを射たのである。二人は、どこまでも共に歩まねばならない人生を選択したのである。そこには、失うべき多くのものも存在した。とりわけ友人安井とは、彼と御米の関係が正式な夫婦ではなかったにしろ、宗助が彼から御米を奪ったという事実に変わりはない。まさに友達を棄てたのである。

この後二人は広島へ行き、さらに福岡へと転じていくが、そこで友人の好意でやっと東京に戻ることができたのである。宗助は役所に勤めることになる。

宗助と御米とは仲の好い夫婦に違なかった。一所になってから今日まで六年程の長い年月をまだ半日も気不味《きまず》く暮した事はなかった。言逆《いさかい》に顔を赤らめ合った試《ためし》は猶なかった。二人は呉服屋の反物を買って着た。米屋から米を取って食った。けれどもその他には一般の社会に待つ所の極めて少ない人間であった。彼等は、日常の必要品を供給する以上の意味に於て、社会の存在を殆んど認めていなかった。彼等にとって絶対に必要なものは御互だけで、その御互だけが、彼等にはまた充分であった。彼等は山の中にいる心を抱いて、都会に住んでいた。

自然の勢として、彼等の生活は単調に流れない訳には行かなかった。彼等は複雑な社会の煩《わずらい》を避け得《さ》たと共に、その社会の活動から出る様々の経験に直接触れる機会を、自分と塞《ふさ》いでしまって、都会に住みながら、都会に住む文明人の特権を棄てた様な結果に到着した。彼等も自分達の日常に変化のない事は折々自覚した。御互が御互に飽きるの、物足りなくなるのという心は微塵《みじん》も起らなかったけれども、御互の頭に受け入れる生活の内容には、刺激に乏しい或物が潜んでいる様な鈍い訴《うったえ》があった。それにも拘《かか》わらず、彼等が毎日同じ判を同じ胸に押して、長《なが》の月日を倦《う》まず渡って来たのは、彼等が始から一般の社会に興味を失っていたためではなかった。社会の方で彼等を二人ぎりに切り詰めて、その二人に冷《ひや》やかな背《そびら》を向けた結果に外ならなかった。外に向かって生長する余地を見出し得なかった二人は、内に向って深く延び始めたのである。彼等の生活は広さを失うと同時に、深さを増して来た。彼等は六年の間世間に散漫な交渉を求めなかった代りに、同じ六年の歳月を挙げて、互の胸を掘り出した。彼等の命は、いつの間にか互の底にまで喰い入った。二人は世間から見れば依然として二人であった。けれども互から云えば、道義上切り離す事の出来ない一つの有機体になった。二人の精神を組み立てる神経系は、最後の繊維に至るまで、互に抱き合って出来上っていた。彼等は大きな水盤の表に滴《した》たった二点の油の様なものであった。水を弾《はじ》いて二つが一所に集まったと云うよりも、水に弾かれた勢で、丸く寄り添った結果、離れることが出来なくなったと評する方が適当であった。（新潮文庫版一八五頁）

「彼等は山の中にいる心を抱いて、都会に住んでいた」、二人の結び付きが、反社会的行為（姦通的行為）の結果でもあることから、社会からも弾かれ、その結果、「道義上切り離す事のできない一つの有機体」となったのである。それは二人の結合のさらなる進化をもたらすことになるのかも知れない。

彼等は人並以上に睦《むつ》まじい月日を渝《かわ》らずに今日から明日へと繋《つな》いで行きながら、常は其所に気が付かずに顔を見合わせている様なものの、時々自分達の睦まじがる心を、自分で確《しか》と認める事があった。その場合には必ず今まで睦まじく過ごした長の歳月を溯《さか》のぼって、自分達が如何な犠牲を払って、結婚を敢《あえ》てしたかと云う当時を憶《おも》い出さない訳には行かなかった。彼等は自然が彼等の前にもたらした恐るべき復讐《ふくしゅう》の下に戦《おのの》きながら跪《ひざま》ずいた。同時にこの復讐を受けるために得た互の幸福に対して、愛の神に一弁の香を焚《た》く事を忘れなかった。彼等は鞭《むち》うたれつつ死に赴《おもむ》くものであった。ただその鞭の先に、凡《すべ》てを癒《い》やす甘い蜜《みつ》の着いている事を覚《さと》ったのである。（新潮文庫版一八七頁）

運命的な出会いから突然大風に吹き倒された二人は、反社会的行為という犠牲を払って結婚したが、しっかり愛を育《はぐく》み、幸福であることを確認しつつ、その持続を支える「甘い蜜」の存在することを共有しているのである。こうした二人の生活に、いくつかの変化が訪れる。

まず、宗助には小六という高等学校の学生の弟がいる。佐伯という叔父の家に引き取られて通学していたが、その叔父が亡くなった後、叔母は小六を同居させて面倒を見るのが経済的に厳しくなり、結局宗助が彼を引き取ることになる。御米にとっても、生活面で大きな変化を受けることになる。

さらに、それまで疎遠であった坂井という家主と親密となるのであるが、その機縁となったのは、その坂井の家に泥棒が入り、その泥棒が宗助の家の庭に手文庫を落として行ったことにある。これを持って坂井の家に行ったことから、両者に交わりが始まる。さらに、叔母の家にあった父親の形見の一つである「抱一」の屏風絵を引き取って、それを古道具屋に売ったのであるが、偶然それが家主の坂井の家にある事を知る。そんな事も重なり、交際の度が増していったのである。

ある年の正月に、宗助は坂井から招かれたことがあった。その時、小六の事が話題になった。坂井は小六を観察した感想などを述べながら、彼には社会教育も必要だから自分の所に書生として寄越したらどうか、と提案した。宗助は応諾した。

さらに、坂井は宗助を引き留めて、自分の弟の話を持ち出した。この弟は銀行に入ったが、もっと金儲けがしたいという野望を持っており、そのため、到頭満洲へ渡り、さらに蒙古に這入っているという。その弟が東京に戻っているので、近日、自分の所に呼んでいるという。一度逢わないかというわけである。

「御出《おいで》になるのは御令弟だけですか」

「いや外に一人弟の友達で向から一所に来たものが、来る筈になっています。安井とか云って私はまだ逢った事もない男ですが、弟が頻《しきり》に私に紹介したがるから、実はそれで二人を呼ぶ事にしたんです」

宗助はその夜蒼《あお》い顔をして坂井の門を出た。（新潮文庫版二三〇頁）

安井のこの消息を聞くまで、彼等（宗助と御米）は折にふれて安井の動向を気にしながらその情報を得ていたが、最後は彼が奉天にいる事を確かめほっとしていた。ところが、その安井が坂井の所に来るという。宗助は、少なからず驚き、かつ精神的な打撃を受けたのである。動揺する心の安定を求めて、宗助は鎌倉の禅寺で参禅することを考える。

「少し脳が悪いから、一週間程役所を休んで遊《あす》んで来るよ」と云った。御米はこの頃の夫の様子の何処かに異状があるらしく思われるので、内心では始終心配していた矢先だから、平生煮え切らない宗助の果断を喜んだ。けれどもその突然なのにも全く驚いた。

「遊びに行くって、何処へいらっしゃるの」と眼を丸くしないばかりに聞いた。

「やっぱり鎌倉辺が好かろうと思ってる」と宗助は落ち付いて答えた。地味な宗助とハイカラな鎌倉とは殆んど縁の遠いものであった。突然二つのものを結び付けるのは滑稽《こっけい》であった。御米も微笑を禁じ得なかった。

「まあ御金持ね。私も一所《いっしょ》に連れてって頂戴《ちょうだい》」と云った。宗助は愛すべき細君のこの冗談を味《あじわ》う余裕を有たなかった。真面目な顔をして、

「そんな贅沢《ぜいたく》な所へ行くんじゃないよ。禅寺へ留めて貰って、一週間か十日、ただ静かに

頭を休めてみるだけの事さ。それも果して好くなるか、ならないか分からないが、空気の可《い》い所へ行くと、頭には大変違うと皆云《みんな》うから」と弁解した。

「そりゃ違いますわ。だから行っていらっしゃいとも。今のは本当の冗談よ」

御米は善良な夫に調戯《からか》ったのを、多少済まない様に感じた。宗助はその翌日すぐ貰って置いた紹介状を懐にして、新橋から汽車に乗ったのである。（新潮文庫版二四八頁）

禅寺ではもちろん座禅もするのであるが、老師から公案（優れた禅者の言葉や言行などをしるして、これを座禅しようとする者に示し、考える対象または手がかりとさせるもの）も出される。

山門を入ると、左右には大きな杉があって、高く空を遮《さえぎ》っているために、路《みち》が急に暗くなった。その陰気な空気に触れた時、宗助は世の中と寺の中との区別を急に覚《さと》った。静かな境内《けいだい》の入口に立った彼は、始めて風邪《ふうじゃ》を意識する場合に似た一種の悪寒《さむけ》を催した。―中略―

山の裾《すそ》を切り開いて、一二丁奥へ上《のぼ》る様に建てた寺だと見えて、後の方は樹の色で高く塞《ふさ》がっていた。路の左右も山続か丘続の地勢に制せられて、決して平ではない様であった。その小高い所々に、下から石段を畳んで、寺らしい門を高く構えたのが二三軒目に着いた。

> 平地《ひらち》に垣を繞《めぐ》らして、点在しているのは、幾多《いくら》もあった。近寄って見ると、何れ《いずれ》も門瓦《もんがわら》の下に、院号やら庵号やらが額にして懸けてあった。（新潮文庫版二五〇頁）

漱石も二十七歳のころ、鎌倉円覚寺塔頭帰源院で参禅したこともあるので、その時の経験も背景にあるのかも知れない。私も円覚寺には何度か訪れたことがあるが、『門』における禅寺の描写が何とはなしにそこでの記憶に親しいような気もするのである。

> 老師というのは五十格好に見えた。赭黒《あかぐろ》い光沢《つや》のある顔をしていた。その皮膚も筋肉も悉《ことごと》く緊《しま》って、何所《どこ》にも怠《おこたり》のないところが、銅像のもたらす印象を、宗助の胸に彫り付けた。ただ唇があまりに厚過るので、其所に幾分の弛《ゆる》みが見えた。その代わり彼の眼には、普通の人間に到底見るべからざる一種の精彩が閃《ひら》めいた。宗助が始めてその視線に接した時は、暗中に卒然として白刃《はくじん》を見る思があった。
>
> 「まあ何から入っても同じであるが」と老師は宗助に向って云った。「父母未生《みしょう》以前本来の面目は何だか、それを一つ考えてみたら善かろう」
>
> 宗助には父母未生以前という意味がよく分からなかったが、何しろ自分と云うものは畢《ひっ》竟《きょう》何物だか、その本体を捕《つら》まえてみろと云う意味だろうと判断した。それより以上口を利《き》くには、余り禅というものの知識に乏しかったので、黙って又宣道に伴れられて一窓庵へ

帰って来た。（新潮文庫版二五六頁）

いくら「父母未生以前」という自分の日常の思考から離れた問題を考えても、宗助にとっては発展しようのないテーマであった。座禅も苦痛の連続であった。いくら「十分座れば、十分の功があり、二十分座れば、二十分の徳がある」と言われても、なかなかその境地は自分とは距離のあることのようであった。そんな時間を送っている間も、宗助は忽然《こつぜん》と「安井」のことを考え出すのであった。

「安井がもし坂井の家へ頻繁《ひんぱん》に出入でもする様になって、当分満洲へ帰らないとすれば、今のうちあの借家を引き上げて、何処かへ転宅するのが上分別だろう。こんな所に愚図々々しているより、早く東京へ帰ってその方の所置を付けた方がまだ実際的かも知れない」などと思っていた。結局、何かを悟るような結果を得ることもなく、十日間ほどで禅寺を後にすることになる。

家に帰っても、やはり安井の動向が気になる彼は、思い切って坂井を訪ねて、彼の弟と安井の近況を聞いてみた。坂井によると、二人とも四五日前に満洲へ帰ったという。

彼の頭を掠《かす》めんとした雨雲は、辛《かろ》うじて、頭に触れずに過ぎたらしかった。けれども、これに似た不安はこれから先何度でも、色々な程度に於て、繰り返さなければ済まない様な虫の知らせが何処かにあった。それを繰り返させるのは天の事であった。それを逃げて回るのは宗助の事であった。（新潮文庫版二九〇頁）

とりあえず安井に関する心配事は通りすぎた。もとよりそれは一時的なものであるにしても、当面の危機は回避できたのである。宗助の俸給も五円上がった。弟小六は、坂井の好意で、彼の書生となって住み込んだ。そして、彼の学業も続けられる目途がついた。

宗助・御米夫婦にまつわるいろいろな心配事は、根本的な解決をもたらしたということではないにしても、それまでのような煩わしさからは解放されるのは確かであった。

小康はかくして事を好まない夫婦の上に落ちた。ある日曜の午《ひる》宗助は久し振りに、四日目の垢《あか》を流すため横町の洗湯に行ったら、五十ばかりの頭を剃《そ》った男と、三十代の商人《あきんど》らしい男が、漸く春らしくなったと云って、時候の挨拶を取り換わしていた。若い方が、今朝始めて鶯《うぐいす》の鳴声を聞いたと話すと、坊さんの方が、私は二三日前にも一度聞いた事があると答えていた。

「まだ鳴きはじめだから下手だね」

「ええ、まだ充分に舌が回りません」

宗助は家へ帰って御米にこの鶯の問答を繰り返して聞かせた。御米は障子の硝子《ガラス》に映る

麗《うらら》かな日影をすかして見て、

「本当に難有《ありがた》いわね。漸くの事春になって」と云って、晴れ晴れしい眉《まゆ》を張った。

宗助は縁に出て長く延びた爪《つめ》を剪《き》りながら、

「うん、然《しか》し又じき冬になるよ」と答えて、下を向いたまま鋏《はさみ》を動かしていた。（新潮文庫版二九二頁）

物語は、秋日和の上天気の縁側での会話で始まり、鶯の鳴き始めた春の縁側辺の会話で終わる。それは、あたかも宗助と御米の静かな生活にさざ波のように寄せてきた心配ごとの始まりと終わりを意味するような季節感にも合致する。春の到来を素直に喜ぶ御米の嬉しそうな表情はまさに春、希望の光の兆候のように取れるのである。

しかし、それで終わらずに、「然し又じきに冬になるよ」と宗助の一言を加えたところが、まさに漱石らしい結びということであろう。とまれ、全体が表現方法の巧みさ溢れる作品であり、何回読んでも、その都度新しい発見を誘う魅力ある作品であると思う。

八　漱石の講演から学ぶ――私の個人主義

漱石にはいくつかの講演録も遺されている。漱石の年譜で言えば、晩年に属する頃に行われているものが多い。それだけに、それまでの人間漱石を形成している博学な知見がその基礎に据えられているので、その内容はいずれも濃密なものとなっている。中でも著名なものに、『現代日本の開花』、『模倣と独立』、『中身と形式』、『私の個人主義』などがある。ここでは、『私の個人主義』を取り上げて紹介してみたい。

これは、大正三年（一九一四年）十一月二十五日に学習院で行われたものである。ちょうど百年前である。今読んでも、少しも「古い」感じがしない。むしろ「個人主義」についての必ずしも正しい理解が十分ではないと思われる現代の世相を見ていると、改めてこの講演の内容を吟味してみるのも、極めて意義深いものがあるように思うのである。内容は、三好行雄編『漱石文明論集』岩波文庫に拠っている。

漱石はこの講演の冒頭で、学習院で講演をするに至った経緯について触れたあと、実は自分もかつて教員として学習院と関わり合うことになるかも知れなかった経験談をする。実際には実現しなかったが、話の枕として、そういう自分がここで講演を依頼されるのは、かの落語にある「目黒の秋刀魚《さんま》」のように珍しがられている証拠であろう、と述べ、学習院落第後の自分の歩みについて語るのである。それは、当日の講演に欠かせない部分であるからとする。

学習院は落第したが、どこかに職を求める必要がある。高等学校と高等師範の双方から口が掛かった。結局、高等師範（東京高等師範）に決まった。しかし、一年後には松山の中学へ赴任。その松山にも一年、今度は熊本の高等学校（第五高等学校）へ、そこにいる時に文部省から英国留学を命じられた。命令どおり英国へ行ったけれども、果たせるかな何もすることがない。それを説明するために、その時までの「私」を話す必要があるとして、以下のような内容のことを語るのである。

自分は大学で英文学を専門にし、三年間学んだが、遂に「文学」は解らずじまいだった。私の煩悶《はんもん》は第一ここに根ざしている。そんなあやふやな態度で世の中に出て教師になった（されたという方が当たっている）が、腹の中は常に空虚《くうきょ》であった。教師という仕事に興味が湧かず、始終、隙《すき》あらば自分の本領《ほんりょう》へ飛び移ろうと思っていたが、その本領があるようで、ないようで何処を向いても飛び移れない。霧の中に閉じ込められた孤独の人間のように立ち竦《すく》んでしまった。私に一本の錐《きり》さえあれば何処か一ケ所突き破って見せるのだがと焦《あせ》り抜いたが、その錐は人から与えられることもなく、自分で発見する訳にも行かなかった。人知れず陰鬱《いんうつ》な日を送った。

こうした不安を抱いて大学を卒業し、その不安を連れて松山から熊本へ引っ越し、同じ不安を胸に畳《たた》んで外国まで渡った。しかし、留学するからにはその責任を自覚しなければならない。努力もした。しかし、書物を読んでも何のために読むのかさえ答えは見つかりそうもなかった。

そんな時、私は初めて「文学」とはどんなものであるか、その概念を根本的に自分で作りあげるより外に、私を救う道はないのだと悟ったのである。つまり、今までは全く他人本位で、根のない萍《うきぐさ》のように漂《ただ》っていたから駄目だったことに気がついたのである。


私のここに他人本位というのは、自分の酒を人に飲んでもらって、後からその品評《ひんぴょう》を聴いて、それを理が非でもそうだとしてしまういわゆる人真似《ひとまね》を指すのです。一口にこういってしまえば、馬鹿らしく聞こえるから、誰もそんな人真似をする訳がないと不審がられるかも知れませんが、事実は決してそうではないのです。近頃流行《はや》るベルグソン（注：フランスの哲学者）でもオイケン（注：ドイツの哲学者）でもみんな向うの人がとやかくいうので日本人もその尻馬《しりうま》に乗って騒ぐのです。まして、その頃は西洋人のいう事だといえば何《なん》でも蚊《か》でも盲従《もうじゅう》して威張《いば》ったものです。だからむやみに片仮名《かたかな》を並べて人に吹聴《ふいちょう》して得意がった男が比々皆是《ひびみなぜ》なりといいたい位ごろごろしていました。他《ひと》の悪口ではありません。こういう私が現にそれだったのです。例えばある西洋人が甲という同じ西洋人の作《さく》物《ぶつ》を評したものを読んだとすると、その評の当否《とうひ》はまるで考えずに、自分の腑《ふ》に落ちようが落ちまいが、むやみにその評を触《ふ》れ散らかすのです。つまり鵜呑《うのみ》といってもよし、また機械的の知識といってもよし、到底わが所有とも血とも肉ともいわれない、余所余所《よそよそ》しいものを我物顔に喋舌《しゃべ》って歩くのです。しかるに時代が時代だから、またみんながそれを賞《ほ》めるのです。

けれどもいくら人に賞められたって、元々《もともと》人の借着《かりぎ》をして威張っているのだから、内心は不安です。手もなく孔雀《くじゃく》の羽根を身に着けて威張ってゐるようなものですから。それでもう少し浮華《ふか》を去って摯実《しじつ》につかなければ、自分の腹の中は何時まで経ったって安心は出来ないという事に気がつき出したのです。(三好行雄編『漱石文明論集』岩波文庫一一二頁)

そして、西洋人がこれは立派な詩だとか言ってもそれは西洋人の見る所であって、自分がそう思えなければ受け売りすべきではない、自分が一個の独立した日本人ならそれくらいの見識は具《そな》えていなければならない。しかし、英文学を専攻する自分が本場の批評家の言う所と考えが異なり矛盾するのは気が引けることではある。そこでこうした矛盾が果たして何処から出るかを考えなければならない。風俗、人情、習慣、遡っては国民の性格等皆この矛盾の原因になっているに相違ない。この矛盾を融和する事が不可能にしてもそれを説明することは出来るはずだ。そして単にその説明だけでも日本の文壇には一道の光明を投げ与えることが出来る―

―こう私は悟ったのです、と述べて次のように続けるのである。

私はそれから文芸に対する自己の立脚地を堅めるため、堅めるというより新しく建設するために、文芸とは全く縁のない書物を読み始めました。一口でいうと、自己本位という四字を漸《ようや》く考えて、その自己本位を立証するために、科学的な研究やら哲学的の思索《しさく》に耽《ふけ》り出したのであります。―中略―

私はこの自己本位という言葉を自分の手に握ってから大変強くなりました。彼ら何者ぞやと気概《きがい》が出ました。今まで茫然《ぼうぜん》と自失していた私に、此所《ここ》に立って、この道からこう行かなければならないと指図をしてくれたものは実にこの自我本位の四字なのであります。

自白すれば私はその四字から新たに出立《しゅったつ》したのであります。そうして今のようにただ人の尻馬《しりうま》にばかり乗って空騒《から》ぎをしているようでは甚だ心元《こころもと》ない事だから、そう西洋人ぶらないでも好いという動かすべからざる理由を立派に彼らの前に投げ出して見たら、自分もさぞ愉快だろう、人もさぞ喜ぶだろうと思って、著書その他の手段によって、それを成就《じょうじゅ》するのを私の生涯の事業としようと考えたのです。（前掲『漱石文明論集』一一四頁）

このように啓発《けいはつ》された時は、留学してから一年以上経過していた。事業に着手したけれども外国で仕上《しあげ》げる訳には行かない、とにかく材料を纏《まと》めて持ち帰り、始末を付けようと考えた。

留学時よりも「ある力」を得たことになるのである。帰国後、高等学校にも大学にも、さらには生活のため私立の大学にも出ました。神経衰弱にもかかりました。最後に下らない創作などを雑誌に載せなければならない仕儀《しぎ》に陥りました。色々の事情で、私は私の企てた事業を半途《はんと》で中止してしまった。『文学論』という著書も出しましたが、これは失敗の亡骸《なきがら》である。立派に建設されないうちに地震で倒された未成《みせい》市街の廃墟のようなものである。

しかしながら自己本位というその時得た私の考えは依然としてつづいている。否年を経るに従って段々強くなっている。著作的事業としては、失敗に終わったけれども、その時確かに握った自己が主《しゅ》で、他は賓《ひん》であるという信念は、今日の私に非常の自信と安心を与えてくれた。こうして諸君の前で講演するのもやはりその力の御陰かも知れない。

私の経験したこのような煩悶《はんもん》が貴方がたの場合にもしばしば起こるに違いないと私は鑑定しているのですが、どうでしょうか。もしそうだとすると、何かに打ち当たるまで行くという事は、学問をする人、教育を受ける人が、生涯の仕事としても、あるいは十年、二十年の仕事としても、必要じゃないでしょうか。ああ此処《ここ》におれの進むべき道があった！漸《ようや》く掘り当てた！　こういう感投詞を心の底から叫び出される時、あなたがたは始めて心を安んずる事が出来るのでしょう。容易に打ち壊されない自信が、その叫び声とともにむくむく首をもたげてくるのではありませんか。既にその域に達している方も多数のうちにはあるかも知れませんが、もし途中で霧か靄《もや》のために懊悩《おうのう》していられる方があるならば、どんな犠牲を払っても、ああ此所《ここ》だという掘当てる所まで行ったら宜《よ》かろうと思うのです。──中略──貴方がた自身の幸福のために、それが絶対に必要じゃないかと思うから申し上げるのです。（前掲『漱石文明論集』一一八頁）

ここまでは、この講演の第一篇である。次の第二篇というべきところでは、まず「権力」と「金力」について触れることになる。それは、学習院という学校の性格から、上流社会の子弟がほとんどであることを意識して、彼らが将来就くであろう社会的地位を推察することからくるものである。そして、「権力」とは、自分の個性を他人の頭の上に無理矢理に圧し付ける道具、あるいは、道具に使い得る利益である。「金力」とは、自分の個性を拡張するために、他人の上に誘惑の道具として使用し得る至極重宝なものになる、と説く。その上で、そのように便宜な道具であるからこそ、その実非常に危険なのだと述べる。そして、次のようにまとめるのである。

それで私は常からこう考えています。第一に貴方がたは自分の個性が発展出来るような場所に尻を落ち付けるべく、自分とぴたりと合った仕事を発見するまで邁進《まいしん》しなければ一生の不幸であると。しかし自分がそれだけの個性を尊重し得るように、社会から許されるならば、他人に対してもその個性を認めて、彼らの傾向を尊重するのが理《り》の当然になって来るでしょう。それが必要でかつ正しい事としか私には見えません。自分は天性右を向いているから、彼奴《あいつ》が左を向いているのは怪《け》しからんというのは不都合じゃないかと思うのです。尤《もっと》も複雑な分子の寄って出来上った善悪とか邪正《じゃせい》とかいう問題になると、少々込み入った解剖の力を借りなければ何とも申されませんが、そうした問題の関係して来ない場合もしくは関係しても面倒でない場合には、自分が他《ひと》から自由を享有《きょうゆう》している限り、他にも同程度の自由を与えて、同等に取り扱わねばならん事と信ずるより外に仕方がないのです。

近頃自我とか自覚とか唱えていくら自分の勝手な真似をしても構《かま》わないという符徴《ふちょう》に使うようですが、その中には甚だ怪《あや》しいのが沢山《たくさん》あります。彼らは自分の自我をあくまで尊重するようなことをいいながら、他人の自我に至っては毫《ごう》も認めていないのです。いやしくも公平の眼を具し正義の観念を有《も》つ以上は、自分の幸福のために自分の個性を発展して行くと同時に、その自由を他《ひと》にも与えなければ済まん事だと私は信じて疑わないのです。

—中略—

元来をいうなら、義務の附着しておらない権力というものが世の中にあろうはずがないのです。（前掲『漱石文明論集』一一三頁）

さらに、漱石はこの後に「金力」についても言及し、「責任を解しない金力家は、世の中にあってはならないものなのです。金銭というものは至極重宝なもので――中略――つまりどんな形にも変わって行く事ができます。そのうちでも人間の精神を買う手段に使用できるのだから恐ろしいではありませんか。即ちそれを振《ふ》り蒔《ま》いて、人間の徳義心を買い占める、即ちその人の魂を堕落させる道具とするのです」と「金力」にも必ず責任が伴わなければならないと付言している。

今までの論旨《ろんし》をかい摘《つま》んで見ると、第一に自己の個性の発展を仕遂《しと》げようと思うならば同時に他人の個性も尊重しなければならないという事。第二に自己の所有している権力を使用しようと思うならば、それに付随している義務というものを心得なければならないという事。第三に自己の金力を示そうと願うなら、それに伴う責任を重んじなければならないという事。つまりこの三ヵ条に帰着するのであります。

これを外の言葉で言い直すと、いやしくも倫理的に、ある程度の修養を積んだ人でなければ、個性を発展する価値もなし、権力を使う価値もなし、また金力を使う価値もないという事になるのです。（前掲『漱石文明論集』一二六頁）

この後、イギリスについて、この国は自由を大変尊ぶ国でありながら、また、秩序の調《ととの》った国でもある、彼らはただ自由なのではなく、自分の自由を愛するとともに他の人の自由を尊敬するように、小さい時分から社会的教育をちゃんと受けている、だから彼らの自由の背後にはきっと義務という観念が伴っている、ことを語っている。個人主義についての漱石の理解を披瀝しているのである。そして、かれの理解する個人主義が誤解されることを危惧して、さらに念押しをするのである。

この個人主義という意味に誤解があっては不可《いけ》ません。――中略――個人の自由は先刻《さっき》御話した個性の発展上極めて必要なものであって、その個性の発展がまた貴方がたの幸福に非常な関係を及ぼすのだから、どうしても他に影響のない限り、僕は左を向く、君は右を向いても差し支ない位の自由は、自分でも把持《はじ》し、他人にも付与しなくてはなるまいかと考えられます。それが取りも直さず私のいう個人主義なのです。（前掲『漱石文明論集』一二九頁）

それからもう一つ誤解を防ぐために一言して置きたいのですが、何だか個人主義というとちょっと国家主義の反対で、それを打《ぶ》ち壊すように取られますが、そんな理屈の立たない漫然としたものではないのです。一体何々主義という事は私のあまり好まない所で、人間がそう一つ主義に片付けられるものではあるまいとは思いますが、説明のためですから、ここはやむをえず、主義という文字の下に色々の事を申し上げます。或人《あるひと》は今の日本はどうしても国家主義でなければ立ち行かないようないいふらしまたそう考えています。しかも個人主義なるものを蹂躙《じゅうりん》しなければ国家が亡びるような事を唱道するものも少なくはありません。けれどもそんな馬鹿気《ばかげ》たはずは決してありようがないのです。事実私どもは国家主義でもあり、世界主義でもあり、同時にまた個人主義でもあるのであります。（前掲『漱石文明論集』一三二頁）

このあと国と個人の関係、国家主義と個人主義の関係が国家のその時々のありようでこの二つの主義の顕れ方に変化を生ずることはあっても、そのためにこの二つの主義はいつでも矛盾して、いつでも撲殺《ぼくさつ》し合うなどというような厄介なものでは万々ないと信じていると述べるのである。そして、国家の平穏な時には、徳義心の高い個人主義にやはり重きを置く方が、当然のように思われる、と結ぶのである。

この一世紀前に行われた講演録を改めて読みながら、一瞬、漱石が現実の日本社会に甦り、我々日本人に「個人主義」の真の理解の重要性を説いているような感覚に襲われたように感じたのである。とりわけ、国家と国民の関係の在り方についても鋭い指摘をしている。

個人主義と利己主義の根本的な差異、権力と金力の本質的理解の重要性などについても、説得力のある論旨が展開されている。あたかも現代日本社会の抱える問題を考えるに際しての基本的立脚点を指し示しているように思うのである。真の個人主義を理解しないことから生ずる弊害のなんと危険なことであるかも分かりやすく指摘している。

「権力」とは、自分の個性を他人の頭の上に無理矢理に圧《お》し付《つ》ける道具あるいは道具に使い得る利益、であるとし、「金力」は、個性を拡張するために、他人の上に誘惑の道具として使用し得る至極重宝なものである、として、その実、非常に危険なものであるとも説いている。

曖昧な憲法感覚の持主が溢れているように見える永田町あたりの住人には、是非この講演を一読されることをお奨めしたい。個人主義を憲法の中の規定に求めるとすると、それは第十三条の「すべて国民は個人として尊重される。生命、自由及び幸福追求に対する国民の権利については、公共の福祉に反しない限り、立法その他の国政の上で、最大の尊重を必要とする」であろう。ところが、いわゆる集団的自衛権なるものを憲法上の解釈により可能とする一つの論拠として、時の権力者がこの条文を用いている。この条文が施政者によって正当に理解されていないのは、まさに漱石の危惧する弊害が厳然として存在していることの証でもあろう。

かつて、漱石は別のところで、西洋の文明開化は「内から自然に出て発展する」、「内発的」な開化であったが、日本の開化は「外からおっかぶさった他の力で已むを得ず一種の形式を取る」、「外発的」な開化だと指摘したことがある。その源の流れは今も本質的には変わっていないのではないか。

何事にせよ、「自分の鶴嘴《つるはし》で掘り当てる所まで進む」という自覚を伴わない限り、漱石の説く「個人主義」が我が日本で稲穂に結実することは難しいのではないか。その意味では、この講演は現代においてこそ再認識されるべき貴重な論説の一つと言えるのではなかろうか。

九　小説『道草』の世界を追う――縁ある人とのしがらみと夫婦の姿

健三が遠い所から帰って来て駒込《こまごめ》の奥に世帯《しょたい》を持ったのは東京を出てから何年目になるだろう。彼は故郷の土を踏む珍しさのうちに一種の淋《さび》し味《み》さえを感じた。彼の身体《からだ》には新しく後に見捨てた遠い国の臭《におい》がまだ付着していた。彼はそれを忌《い》んだ。一日も早くその臭を振い落さなければならないと思った。そうしてその臭のうちに潜んでいる彼の誇りと満足には却《かえ》って気が付かなかった。

彼はこうした気分を有《も》った人に有勝《ありがち》な落付のない態度で、千駄木《せんだぎ》から追分《おいわけ》へ出る通りを日に二返《へん》ずつ規則のように往来した。（新潮文庫版五頁）

『道草』は、こうして始まる物語である。

この作品は漱石の小説の中で唯一、自伝的様相の濃厚なものである。対象となっているのは、漱石が英国での留学から帰って東京本郷の千駄木に居を定めたころ（明治三十六年）の家庭生活であると言ってよい。第一高等学校教授と東大講師として教鞭を取り始めたころである。

漱石は、よく知られているように、幼時に養子に出されている。後で離縁をして夏目家に復籍はするが、その時の養父母らが年老いてから金の無心をするようになり、それへの対応と、それに絡《から》んでの夫婦の相克《そうこく》の模様が作品の主流となって展開していくものである。

この養子体験について、漱石は『硝子戸の中』（岩波文庫）というエッセーの中で回想しているので、参考までにそれを要約して紹介しておくことにしよう。

私は両親の晩年になって生まれた末っ子であった。両親は生れ落ちると間もなく自分を貧しい古道具屋に遣《や》ってしまった。その里からは取り戻されたがまた直ぐにある家に養子に遣られた。四歳の時であったように思う。そして物心つく八、九歳までそこで成長したが、やがて養家でごたごたが起こったため再び実家に戻ることになった。実家へ帰ったとは気が付かず自分の両親をもと通り祖父母とのみ思っていた。私は普通の末っ子のように両親から可愛がられなかった。特に父からは苛酷《かこく》な扱いを受けたという記憶が残っている。ある夜、下女からあなたがお爺さんお婆さんと思っているのは実は本当はあなたのお父さんとお母さんですよ、と告げられた。事実を教えてくれた嬉しさではなく、下女の親切が嬉しかったのにその名も顔も忘れてしまった。覚えているのはその人の親切だけである。

（岩波文庫版八三頁）

さて、最初に、この作品に登場する主要な人物を紹介しておくことにしよう。

まず、この小説の主人公とも言うべき健三とその妻お住、健三の兄の長太郎、健三の養父母であった島田とお常（後に離縁）、健三の腹違いの姉お夏とその夫比田寅八、島田の再婚相手のお藤等である。


「遠い人との邂逅」


ある日小雨が降った。その時彼は外套《がいとう》も雨具も着けずに、ただ傘を差しただけで、何時もの通りを本郷《ほんごう》の方へ例刻に歩いて行った。すると車屋の少しさきで思い懸けない人にはたりと出会った。—中略—

彼はこの男に何年会わなかったろう。彼がこの男と縁を切ったのは、彼がまだ二十歳《はたち》になるかならない昔のことであった。それから今日までに十五六年の月日が経《た》っているが、その間《あいだ》彼等はついぞ一度も顔を合せた事がなかったのである。—中略—

その日彼は家へ帰っても途中で会った男の事を忘れ得なかった。—中略—然し細君には何も打ち明けなかった。機嫌《きげん》のよくない時は、いくら話したい事があっても、細君に話さないのが彼の癖であった。細君も黙っている夫に対しては、用事の外決して口を利《き》かない女であった。（新潮文庫版五頁以下）

思いがけないかつての養父との邂逅《かいこう》であった。何日か会わずに無事の日が五日続いた後、六日目の朝、「帽子を被らない男」はまた現れて、健三の傍《そば》を通り抜けた健三の胸に、変な予覚が起こった。「とてもこれだけでは済むまい」と。容赦なくその

一方、細君のお住は健三と結婚したのが今から七、八年前で、そのころはもう健三と養父の関係がとっくの昔に切れていたし、結婚も地方で挙げたので、細君はじかにその男を知る由もなかった。健三が話したか、親戚の誰かから聞いていればその範囲でしか知っていない筈であった。

健三は仕事に追われ、娯楽や社交は避けなければならなかった。彼は、親類からは変人扱いされていた。それは、彼にとって大した苦痛でもなかった。彼には腹違《はらちが》いの姉（お夏）と、一人の兄（長太郎）がいた。彼はこの姉を訪ねる。喘息《ぜんそく》持ちであるが、お喋りの好きな女であった。客がくれば食べさせたがる女でもある。健三は、この姉に小遣を渡している。「もうお婆さんさ、取って一だもん御前さん」、つまり五十一歳である。この姉は、健三に月々の小遣いを少し増やしてくれと頼む。この姉の夫（比田）は、なかなかの遊び人のようである。細君（お夏）の面倒を見るということには殆んど無関心である。兄の長太郎は小役人である。

健三は島田との邂逅を機縁に子供の時に見た養父母の家やその周囲、世話になった日々などの記憶を蘇《よみがえ》らせていた。

「島田の使者」

健三が風邪にかかったが全快し、活字に眼を曝《さら》したり、万年筆を走らせたり、又は腕組みをして考えたりする時が続くようになった頃、吉田虎吉なる人物が健三を訪ねてきた。彼は、島田の後妻（お藤）の娘が嫁に行った先の軍人の姓であり、その方の縁で島田を知っているようであった。島田の窮状を訴え、月々少し貢《みつ》いで遣《や》ってくれないか、という相談である。健三は自己の経済状態を打ち明け、全く余裕のないことを話した。吉田は不穏な言葉も、強請《ゆすり》がましい様子も見せなかった。

「どんなものでしょう。老人も取る年で近頃は大変心細そうな事ばかり言っていますが、――どうかして元通りの御交際《おつきあい》は願えないものでしょうか」〈健三の頭の中には、重たそうな毛糯子《けじゅす》の洋傘《こうもり》をさして、異様の瞳《ひとみ》を彼の上に据《す》えたその老人の面影《おもかげ》がありありと浮かんだ。彼はその人の世話になった昔を忘れる訳に行《ゆ》かなかった。〉

「そういう訳なら宜《よろ》しゅう御座います。承知の旨《むね》を向《むこう》へ伝えて下さい。然し交際《つきあい》は致しましても、昔のような関係ではとても出来ませんから、それも誤解のないように申し伝えて下さい」

「するとまあただ御出入《おでいり》をさせて頂くという訳になりますな」（新潮文庫版三七頁）

「先刻来た吉田って男は一体何なんですか」

吉田が帰ると、健三は書斎に入った。そこへ細君が顔を出した。「先刻来た吉田って男は一体何なんですか」、「どうせ御金か何か呉れって云うんでしょう」、「それで貴方どうなすって――どうせお断りになったでしょうね」、「うん、断った。断るより外に仕方がないからな」、「それで素直に帰って行ったんですか」、「だけど、又来るんでしょう」、「来ても構わないさ」、「でも厭ですわ、蒼蠅《うるさ》っくて」、「お前聴いていたんだろう、悉皆《すっかり》」、「じゃそれで好いじゃないか」。

健三はこう云ったなり又立って書斎へ行こうとした。彼は独断家であった。これ以上細君に説明する必要は始めからないものと信じていた。細君もそうした点に於て夫の権利を認める女であった。けれども表向夫の権利を認めるだけに、腹の中には何時も不平があった。事々について出て来る権柄《けんぺい》ずくな夫の態度は、彼女に取って決して心持の好いものではなかった。何故《なぜ》もう少し打ち解けて呉れないのかという気が、絶えず彼女の胸の奥に働いた。その癖夫を打ち解けさせる天分も伎倆《ぎりょう》も自分に充分具《そな》えていないという事実には全く無頓着《むとんちゃく》であった。(新潮文庫版三九頁)

健三が経済的援助は拒否しても、島田との交際復活を認めたのは、かつての養子時代の世話になったことが作用しているのではなかろうか。弱みというより、彼の人間性から来ていると見るほうが正しいのではなかろうか。しかし、細君から見れば、遠い昔の話に夫が拘泥《こうでい》しているのは解せない話なのであろう。本心を知りたい細君と話す必要を認めない夫の心模様は、以後どう展開していくのだろうか。

「一体何のために来たのだろう」

吉田と島田は、ある日の午後、連れ立って健三を訪ねてきた。二十年余も会わなかった島田ではあったが、健三は大した懐かしみも感じなかった。しかし、その時はなんともとりとめのないような話だけで二人は帰って行った。「一体何のために来たのだろう。これじゃ他《ひと》を厭がらせに来るのと同じ事だ。あれで向《むこう》は面白いのだろうか」、「あの人達はまた来るんでしょうか」、「来るかもしれない」(新潮文庫版四九頁)。

「お金を遣って縁を切った以上、義理の悪い訳はないじゃありませんか」

細君のお住は、実家に行った帰りに健三の兄の長太郎のところに寄った。そして、先日来の島田の来た話を報告した。「兄さんも今更島田は来られた義理じゃないから、健三も相手にしなければよいのに」と云っておられた旨を健三に話した。

「それを聞きに、御前わざわざ薬王寺前へ廻ったのかい」

「またそんな皮肉を仰《おっ》しゃる。あなたはどうしてそう他《ひと》のする事を悪くばかりに御取りになるんでしょう。妾《わたくし》あんまり御無沙汰をして済まないと思ったから、ただ帰りに一寸伺っただけですわ」――中略――

「御兄《おあにい》さんは貴夫《あなた》のために心配していらっしゃるんですよ。ああ云う人と交際《つきあ》いだして、またどんな面倒が起らないとも限らないからって」

「面倒ってどんな面倒を指すのかな」

「そりゃ起って見なければ、御兄《おあにい》さんにだって分りっ子ないでしょうけれども、何しろ碌《ろく》な事はないと思っていらっしゃるんでしょう」

「然し義理が悪いからね」

「だって御金を遣って縁を切った以上、義理の悪い訳はないじゃありませんか」

手切の金は昔し養育料の名前の下に、健三の父の手から島田に渡されたのである。それはたしか健三が二十二の春であった。

「その上御金をやる十四五年も前から貴夫は、もう貴夫の宅《うち》へ引き取られていらしったんでしょう」

いくつの年からいくつの年まで、彼が全然島田の手で養育されたのか、健三にも判然《はっきり》分からなかった。

「三つから七つまでですって。御兄《おあにい》さんがそう御仰《おっしゃ》いましたよ」

「そうかしら」―中略―

「証文にもちゃんとそう書いてあるそうですから大丈夫間違はないでしょう」

彼は自分の離籍に関した書類というものを見た事がなかった。

「見ない訳はないわ。屹度《きっと》忘れていらっしゃるんですよ」

「然し八ッ《やっ》で宅《うち》へ帰ったにした所で復籍するまでは多少往来もしていたんだから仕方がないさ。全く縁が切れたという訳でもないんだからね」（新潮文庫版五四頁）

要は、お住は島田との交際《つきあい》を断ち切るべきだと考えているのに対し、健三は行き掛かり上交際は仕方ないと考えている。縁組の当事者とそうでない者の差から来る違いが表れているのであろう。しかし、健三も交際することには面白くないと感じているのである。「これから先何を云い出さないとも限らないわ」。お住の胸には、最初からこうした予感が働いていた。其所を既に防ぎとめたとばかり信じていた理に強い健三の頭に、微《かす》かな不安が又新しく萌《きざ》した。

「妻の想い、夫の思い」……

暫く小康を得ている時、細君のお住は家計について健三に何とかしてもらわないと苦しい事情を、自分の着物と帯を質入れした顛末《てんまつ》を添えて訴えた。健三はもう少し働こうと考えた。それから間もない時期に、その努力の結果が、月々幾枚かの紙幣に変形して細君の手に渡る様になった。健三は受け取ったものを封筒のまま畳の上へ放り出した。黙ってそれを取り上げた細君は、その裏を見て、その紙幣の出所を知った。家計の不足は補われたのである。

その時細君は別に嬉《うれ》しい顔もしなかった。然し若《も》し夫が優しい言葉に添えて、それを渡して呉《く》れたなら、屹度嬉しい顔をする事が出来たろうにと思った。健三は又若し細君が嬉しそうにそれを受取ってくれたら優しい言葉も掛けられたろうにと考えた。それで物質的の要求に応ずべく工面されたこの金は、二人の間に存在する精神上の要求を充《み》たす方便としては寧《むし》ろ失敗に帰してしまった。（新潮文庫版五八頁）

ここにも、夫婦の間の心の擦れ違いが顔を出している。意地の張り合い、つまり、この場合、どちらが先に優しい言葉を掛けるべきなのか、嬉しそうな顔をすべきなのか、について、お互いに「自己」を優先させているのである。稼《かせ》いだ健三からすれば、細君が嬉しそうな素振りを見せるのが当然であると考えているのかも知れないし、お住から見れば、妻に優しい言葉を添えて渡すのは夫として当たり前という感覚があるのかも知れない。

数日後、細君は夫のために買った一反の反物を見せた。しかし、健三からは、それが細君の下手な技巧を交えているような挙措に思えた。細君は寒そうに座を立った。次に細君と口を利く機会が来た時、彼はこう云った。

「己《おれ》は決して御前の考えているような冷刻な人間じゃない。ただ自分の有《も》っている温かい情愛を堰《せ》き止めて、外へ出られないように仕向けるから、仕方なしにそうするのだ」

「誰もそんな意地の悪い事をする人は居ないじゃありませんか」

「御前は始終《しょっちゅう》しているじゃないか」――中略――

「貴夫《あなた》の神経は近頃余っ程変ね。どうしてもっと穏当に私《わたくし》を観察して下さらないのでしょう」――中略――

「あなたは誰も何もしないのに、自分一人で苦しんでいらっしゃるんだから仕方がない」

二人は互いに徹底するまで話し合う事のついに出来ない男女《なんにょ》のような気がした。従って二人とも現在の自分を改める必要を感じ得なかった。(新潮文庫版五九頁)

「少し変ですねえ」

ある日、島田が突然比田の家に来た。自分も年を取って頼りにするものがないので心細いという理由の下に、昔通り島田姓に復帰して貰いたいから、どうぞ健三にそう取り次いでくれと頼んだ。比田も、その要求の突飛なのに驚いて、最初は拒絶した。しかし、何と言っても動かないので、ともかくも彼の希望だけは健三に通じようと受け合った。「少し変ですねえ」、健三はどう考えても変としか思われなかった。

健三と兄の長太郎と比田は、比田の家で話し合った。そして、比田が代表者として島田の要求を断るという事になった。

健三は、比田に礼を述べる義理があった。それには及ばないと言いつつ、塩煎餅《しおせんべい》をやたらに噛む食欲旺盛な比田を見ながら、昔、比田と寄席に行った帰りに屋台店の暖簾をくぐった当時を思い出していた。健三は、自分の背後にこんな世界の控えている事を遂に忘れることが出来なくなった。平生の彼にとっては遠い過去のものであったが、しかし、いざという場合には、突然現在に変化しなければならない性質を帯びていた。

昔しこの世界に人となった彼は、その後自然の力でこの世界から独り脱《ぬ》け出してしまった。そうして脱け出したまま永く東京の地を踏まなかった。彼は今再びその中へ後戻りをして、久し振りに過去の臭《におい》を嗅《か》いだ。それは彼に取って、三分の一の懐《なつ》かしさと、三分の二の厭らしさとを齎《もたら》す混合物であった。（新潮文庫版八一頁）

健三にとって、かつての養子時代も含めての幼い頃の体験は、島田などの出現がなければ、自分の懐の奥深くに動くことなく沈殿しているはずのものである。しかし、島田の出現とそれに触発されて動く自己と、縁ある人々との交わりの中で、いやでも攪乱《かくらん》されてうごく塵芥《じんかい》のように記憶が動き出すことになるのかも知れない。

「兄の持参したもの」

健三の留守中に兄の長太郎が訪れて、お住に書付の束を渡した。「これを貴夫《あなた》に上げて呉れと仰しゃいました」。島田に関係した書類である。書類は厚さにして略《ほぼ》二寸もあった。

健三の父が後々《のちのち》のために一纏めにして取っておいたものである。島田のことだから己《おれ》（父）のいなくなった後に、どんな事を言って来ないとも限らないから、その時のために兄に渡していたものらしい。健三はもとより知らないことであった。

書類をほごして見ると、いろいろな書類が含まれていた。その中の一つに、明治二十一年一月約定金請取《やくじょうきんうけとり》の証《しょう》と書いた帳面があり、その最後に「右本日受取右月賦金は皆済相成候事《かいさいあいなりそうろうこと》」と島田の手蹟《しゅせき》で書いて、黒い判がべたりと捺《お》してあった。

「おやじは月々三円か四円ずつ取られたんだな」

「あの人にですか」

細君はその帳面を逆さまに覗き込んでいた。――中略――

「貴夫《あなた》の御父さまはあの島田って人の世話をなすった事があるのね」――中略――

「此所《ここ》に書いてありますよ。――同人幼少にて勤向相成《つとめむきあいな》りがたく当方へ引き取り五ヶ年養育致候縁合《えんあい》を以てと」――中略――

「その縁故で貴夫はあの人の所へ養子に遣られたのね。此所《ここ》にそう書いてありますよ」

健三は因果な自分を自分で憐《あわ》れんだ。平気な細君はその続きを読み出した。

「右健三三歳の砌《みぎり》養子に差遣《さしつかわ》し置候処平吉儀妻常《さいつね》と不和を生じ、遂に離別と相成《あいなり》候につき当時八歳の健三を当方《とうかた》へ引き取り今日《こんにち》まで十四ヶ年養育致し、——あとは真赤《まっか》でごちゃごちゃして読めないわね」——中略——

愈々《いよいよ》手を切る時に養育料として島田に渡した金の証文も出て来た。それには、然る上は健三離縁本籍と引替に当金——円御渡し被下《くだされ》、残金——円は毎月《まいげつ》三十日限り月賦にて御差《おさし》入《いれ》の積《つもり》御対談云々《うんぬん》と長たらしく書いてあった。(新潮文庫版八八頁)

島田はかって健三の父の世話を受けていた者であること、健三が島田の所に養子に行ったのもその縁からであるらしいこと、八歳の折に実家へ引き取ることになった原因が、島田の不倫な行為による離別にあるらしいこと、島田と手を切る際の約束事などが父の残した書類から明らかになって来た。健三にしてみれば何で今更という忸怩《じくじ》たる思いで、それとは対照的に興味深そうに書類を見る細君の態度を見ていたのであろう。

「回想の養親子関係」

養父母であった島田とお常は、共に吝嗇《りんしょく》家だった。しかし、健三に対する夫婦は、金の点にかけてはむしろ不思議な位寛大であった。着るものはもとより、彼の望むものは玩具《おもちゃ》はもちろん自由になった。要するに、彼はこの吝嗇な島田夫婦に、余所《よそ》から貰い受けた一人っ子として、異例の取扱いを受けていた。しかし、夫婦の心の奥には、健三に対する一種の不安が常に潜んでいた。彼らが長火鉢の前で差向いに座り合う夜寒《よさむ》の宵などには、健三によくこんな質問を掛けた。

「御前の御父《おとっ》ッさんは誰だい」

健三は島田の方を向いて彼を指した。

「じゃ御前の御母《おっか》さんは」

健三はまた御常の顔を見て彼女を指した。

これで自分たちの要求を一応満足させると、今度は同じような事を外の形で訊《き》いた。

「じゃ御前の本当の御父《おとっ》さんと御母《おっか》さんは」

健三は厭々《いやいや》ながら同じ答を繰り返すより外に仕方がなかった。然しそれが何故《なぜ》だか彼等を喜ばした。彼等は顔を見合せて笑った。（新潮文庫版一一四頁）

彼等の健三との問答はさらに発展する。「御前は何処《どこ》で生まれたの」、「健坊、御前は本当は誰の子なの」、「御前は誰が一番好きだい、御父《おとっ》ッさん？　御母《おっか》さん？」。

夫婦は全力を尽くして健三を彼等の専有物にしようと力《つと》めた。彼等は、何かにつけて彼等の恩恵を健三に意識させようとした。夫婦は健三を可愛がった。けれども、その愛情のうちには変な報酬が予期されていた。彼等は、自分達の愛情そのものの発現を目的として行動することが出来ずに、ただ健三の歓心を得《う》るために親切を見せなければならなかった。

同時に健三の気質も損われた。順良な彼の天性は、次第に表面から落ち込んで行った。そうして、その陥欠を補うものは、強情の二字に外ならなかった。彼の我儘《わがまま》は日増に募った。

そのうち、島田と御常は不和になった。島田がお藤と付き合っていることが御常に発覚したことが原因である。諍《いさか》いは続いた。何故か、健三はそのような状態の時でも、御常より島田の方を好いていた。間もなく島田は健三の眼から消えた。暫くは、健三は御常と二人で過ごしたが、御常は健三を自分の専有物にしようとした。しかし、その二人の生活も僅かの間しか続かなかった。御常も再縁したのである。そして、健三は何時《いつ》の間にか実家に引き取られていたのである（新潮文庫版一二二頁）。

こうした過去を話している健三・お住であったが、「あの人（島田）が不意に遣って来たように、その女（御常）の人も、何時《いつ》突然訪ねて来ないとも限らないわね」と細君が言った。健三は腕組をしたなり黙っていた。

「何しに来たんでしょう」

あまり日を置かない時に、島田はまた健三を訪ねてきた。比田のところへ行ったことや、そこでのお夏の様子や、彼女にかつて金の面倒を見たことなど、それは手前勝手な立場からばかり見た歪んだ事実を他に押しつけようとする邪気に充ちているように健三には見えた。


「何しに来たんでしょう、あの人は」―中略―

「解《わか》らないね。どうも。一体魚と獣《けだもの》程違うんだから」

「何が」

「ああ云う人と己《おれ》などはさ」


細君は突然自分の家族と夫との関係を思い出した。両者の間には自然の造った溝《みぞ》があって、御互《おたがい》を離隔していた。片意地な夫は決してそれを飛び越えて呉《く》れなかった。溝を拵《こしら》えたものの方で、それを埋めるのが当然じゃないかと云った風の気分で何時までも押し通していた。里ではまた反対に、夫が自分の勝手でこの溝を掘《ほ》り始めたのだから、彼の方で其《そ》所《こ》を平《たいら》にしたら好《よ》かろうという考えを有《も》っていた。細君の同情は無論自分の家族の方に在った。彼女はわが夫を世の中と調和する事の出来ない偏屈《へんくつ》な学者だと解釈していた。同時に夫が里と調和しなくなった原因の中《うち》に、自分が主な要素として這入《はい》っている事も認めていた。（新潮文庫版一三二頁）

島田は、三日程して又来た。しかし、何か取り立てて話題があるわけでもなかった。健三は退屈した。しかし、その退屈のうちには、一種の注意が徹《とお》っていた。彼は、この老人が或日或物を持って、今よりも判明《はっき》りした姿で、きっと自分の前に現れてくるに違いないという予覚に支配された。その或物が、また必ず自分に不愉快な、若《も》しくは不利益な形を具《そな》えているに違いないという推測にも支配された。

島田は、その時細君（お住）が病気であったにも拘らず、そのことについては何も言わず、「何《いず》れまたその内」と言って沓脱《くつぬぎ》に降りてから、「実は少し御話ししたい事があるんですが」と言ったが、健三が特に取り合わずにいると、「じゃご免」と言って暗がりに消えた（新潮文庫版一三九頁）。

島田が帰った後、健三は奥で伏せっている細君の枕元に立った。「どうかしたのか」、繰り返し細君に聞いたが、答はなかった。彼は、結婚以来こういう現象に何度となく遭遇した。しかし、彼の神経はそれに慣らされるには余りに鋭敏過ぎた。遭遇するたびに、同程度の不安を感ずるのが常であった。

健三は細君の肩を揺すった。

「おい、己だよ、分かるかい」

こういう場合に彼の何時でも用いる陳腐で簡略でしかもぞんざいなこの言葉のうちには、他《ひと》に知れないで自分にばかり解《わか》っている憐憫《れんびん》と苦痛と悲哀があった。それから跪《ひざ》まずいて天に祷《いの》る時の誠と願《ねがい》もあった。

「どうぞ口を利《き》いて呉れ。後生だから己の顔を見て呉れ」

彼は心のうちでこう云って細君に頼むのである。然しその痛切な頼みを決して口へ出して云おうとはしなかった。感傷的《センチメンタル》な気分に支配され易《やす》い癖に、彼は決して外表的《デモンストラチーヴ》になれない男であった。

「貴夫《あなた》?」――中略――

「あの人はもう帰ったの」

「うん」――中略――

「水で頭でも冷やして遣ろうか」

「いいえ、もう好《よ》ござんす」

「大丈夫かい」

「ええ」

「本当に大丈夫かい」

「ええ。貴夫ももう御休みなさい」

「己はまだ寝る訳に行《い》かないよ」

健三はもう一遍書斎へ入って静かな夜《よ》を一人更《ふ》かさなければならなかった。(新潮文庫版一四〇頁)

島田の魂胆がはっきりとした形で表れず、健三は無駄な時間の浪費に悩まされている。細君の気分のすぐれない時でもあり、余計その感を深くしたに違いない。日ごろ意地を張り合っている夫婦ではあるが、伏せっている細君を心配する健三の心に偽りはない。それがこの夫婦の結び付きを維持している一つの要素であることに違いはなかろう。

島田のちと話したい事があると云ったのは、細君の推察通り矢っ張り金の問題であった。

—中略—ついに健三に肉薄し始めた。

「どうも少し困るので、外に何処《どこ》と云って頼みに行《い》く所もない私なんだから、是非一つ」

老人の言葉の何処かには、義務として承知して貰《もら》わなくっちゃ困ると云った風の横着さが潜んでいた。

健三は、自分の紙入の中から紙幣を掴《つか》み出して、島田の前に置いた。島田は変な顔をした。

「どうせ貴方《あなた》の請求通り上げる訳には行かないんです。それでも有《あり》ったけ悉皆《みんな》上げたんですよ」—中略—細君には金を遣《や》った事を一口も云わなかった。(新潮文庫版一四七頁)

「昔の因果が今でも矢っ張り祟っているんだ」

「一体どういうんだろう、今の島田の実際の境遇って云うのは。姉に訊《き》いても比田に訊いても、本当の所が能《よ》く分らないが」——中略——

「そんなに気になさるなら、御自分で直《じか》に調べて御覧になるが好いじゃありませんか。そうすればすぐ分るでしょう。御姉《おあね》えさんだって、今あの人（島田）と交際《つきあ》っていらっしゃらないんだから、そんな確《たしか》な事の知れている筈《はず》がないと思いますわ」

「己《おれ》にはそんな暇なんかないよ」

「それじゃ放って御置きになればそれまででしょう」——中略——

「今までだって放って置いてるじゃないか」

細君は猶《なお》答えなかった。健三はぷいと立って書斎へ入った。

島田の事に限らず二人の間にはこういう光景が能く繰り返された。その代わり前後の関係で反対の場合も時には起った。——

「御縫さん（島田の再婚相手のお藤の娘）が脊髄病《せきずいびょう》なんだそうだ」

「脊髄病じゃむずかしいでしょう」

「到底《とうてい》助かる見込はないんだとさ。それで島田が心配しているんだ。あの人が死ぬと柴野（御縫の夫）と御藤さんとの縁が切れてしまうから、今まで毎月送ってくれた例の金が来なくなるかも知れないってね」

「可哀想《かわいそう》ね今から脊髄病なんぞに罹《かか》っちゃ。まだ若いんでしょう」

「己より一つ上だって話したじゃないか」

「子供はあるの」

「何でも沢山あるような様子だ。幾人《いくたり》だか能く訊いて見ないが」（新潮文庫版一七二頁）

多くの子供を遺《のこ》して死に行く、まだ四十にも充《み》たない夫人の心持ちを想像に描いた細君は、間近に迫っているわが身のお産の結果が心配になったが、夫はまるで気が付かなかった。

「島田がそんな心配をするのも畢竟《ひっきょう》は半生が悪いからなんだろうよ。何でも嫌《きら》われているらしいんだ。島田に云わせると、その柴野という男が酒食《さけくら》いで喧嘩早くって、それで何時まで経《た》っても出世が出来なくって、仕方がないんだそうだけれども、どうもそればかりじゃないらしい。矢つ張り島田の方が愛想《あいそ》を尽かされているに違《ちが》いないんだ」

不治《ふじ》の病に悩まされているお縫さんの報知《たより》が健三の心を和《やわ》らげた。その人とは世間的な交際と呼べるような事実の伴った間柄ではなかったが、少しも不快の記憶に濁されていないその人の面影は、島田や御常のそれよりも、今の彼にとって、遥かに尊かった。彼は死のうとしているその人の姿を、同情の眼を開いて遠くに眺めた。同時に、お縫いさんの死は、狡猾《こうかつ》な島田に、また彼を強請《せび》る口実を与えるに違いないという利害心が働いた。

「衝突して破裂するまで行《ゆ》くより外に仕方ない」、彼は観念して、島田の来るのを待ち構えた。ところが、その島田が来る前に、突然、彼の敵の御常が訪ねてきたのである。

「あの波多野ってお婆さんとうとう遣って来ましたよ」と細君が言った。粗末な衣服を纏《まと》って、丸まっちく座っている一人の婆さんを見て、健三は彼の心の中で想像していた御常とは全く変わっているその質朴《しつぼく》な風采《ふうさい》が、島田よりも遥かに強く彼を驚かせた。

彼は、彼女から今までの経歴をあらまし聞き取った。それによると、島田と別れてから二度目に嫁づいた波多野と彼女の間にも子が生まれなかったので、二人はあるところから養女をもらった。その貰い娘に養子が来た。養子の商売は酒屋であった。しかし、養子は戦争に出て死亡したので、残された女だけでは酒屋は無理なのでそれを畳み、郊外の辺鄙《へんぴ》なところに引っ越した。そこで、娘に二度目の夫が出来るまでは、死んだ養子の遺族扶助料だけで生活していたというものであった。

彼は紙入の中にあった五円紙幣を出して彼女の前に置いた。

「失礼ですが、車へでも乗って御帰り下さい」

彼女はそういう意味で訪問したのではないと云って一応辞退した上、健三からの贈りものを受け納めた。（新潮文庫版一七七頁）

「夫婦の会話」

「とうとう遣《や》って来たのね、御婆さんも。今までは御爺《おじい》さんだけだったのが、御爺さんと御婆さんと二人になったのね。これからは二人《ふたり》に崇られるんですよ、貴夫《あなた》は」—中略—

「三十年近くにもなる古い事じゃありませんか。向うだって今となりゃ少しは遠慮があるのでしょう。それに大抵の人はもう忘れてしまいまさあね、それから人間の性質だって長い間には少しずつ変って行きますからね」(新潮文庫版一八〇頁)

細君の話を聞く健三であるが、遠慮、忘却、性質の変化、それ等のものを前に並べて考えて見ても、少しも合点《がてん》が行かなかった。

御常を知らない細君は却って夫の執拗《しつおう》を笑った。

「それが貴方《あなた》の癖だから仕方がない」—中略—

「己《おれ》が執拗《しつおう》なのじゃない、あの女が執拗《しつおう》なのだ。あの女と交際《つきあ》った事のない御前には、己の批評の正しさ加減が解《わか》らないからそんなあべこべを云うのだ」

「だって現に貴方《あなた》の考えていた女とはまるで違った人になって貴夫の前へ出て来た以上は、貴夫の方で昔の考えを取り消すのが当然じゃありませんか」

「本当に違った人になったのなら何時《いつ》でも取り消すが、そうじゃないんだ。違ったのは上《うわ》部《べ》だけで腹の中は故《もと》の通りなんだ」

「それがどうして分るの。新しい材料も何もないのに」

「御前に分らないでも己にはちゃんと分ってるよ」

「随分独断的ね、貴夫も」

「批評が中《あた》ってさえいれば独断的で一向差支ないものだ」

「然《しか》しもし中っていなければ迷惑する人が大分出て来るでしょう。あの御婆さんは私と関係のない人だから、どうでも構いませんけれども」（新潮文庫版一八二頁）

細君の発言の中には、彼女の腹の中で自分の父母兄弟を弁護している心持ちが作用していたが（健三もそれを分かっている）、それ以上議論する気はなかった。

「執拗《しつおう》だ」

「執拗《しつおう》だ」

二人は両方で同じ非難の言葉を御互《おたがい》の上に投げかけ合った。――中略――

「これで沢山だ」

「己もこれで沢山だ」

また同じ言葉が双方の胸のうちで屢《しばしば》繰り返された。

それでも護謨紐《ゴムひも》のように弾力性のある二人の間柄には、時により日によって多少の伸縮《のびちぢみ》があった。非常に緊張して何時切れるか分らない程に行《ゆ》き詰《つま》ったかと思うと、それがまた自然の勢で徐々《そろそろ》元へ戻って来た。そうした日和《ひより》の好《い》い精神状態が少し継続すると、細君の唇《くちびる》から暖かい言葉が洩れた。

「これは誰の子？」

健三の手を握って、自分の腹の上に載せた細君は、彼にこんな問を掛けたりした。その頃細君の腹はまだ今のように大きくはなかった。然し彼女はこの時既に自分の胎内に蠢《うご》めき掛けていた生の脉搏《みゃくはく》を感じ始めたので、その微動を同情のある夫の指頭《しとう》に伝えようとしたのである。

「喧嘩《けんか》をするのは詰り両方が悪いからですね」――中略――

「離れればいくら親しくってもそれ切《ぎり》になる代りに、一所《いっしょ》にいさえすれば、たとい敵《かたき》同士でもどうにかこうにかなるものだ。つまりそれが人間なんだろう」

健三は立派な哲理でも考え出したように首を捻《ひね》った。（新潮文庫版一八四頁）

健三とお住も、ここでの会話にあるように、言葉のやり取りがごく自然に出来ている時もあるのである。一見対立した争論のように見えるけれども、明治というまだ近代の入口程度の段階にある日本で、こんな会話が出来る夫婦はどれだけいただろうか、と思うのである。

お住もきちっと反論している。「ごむ紐《ひも》のように弾力性のある二人の間柄」は、まさに夫婦の一般的なありように即した表現であるとも読めるし、「離れればいくら親しくってもそれ切になる代りに、一所にいさえすれば、たとい敵同士でもどうにかこうにかなるものだ」も、まさに現実の夫婦の哲理なのである。

別の所で、「こういう不愉快な場面（夫婦の諍い）の後《あと》には大抵仲裁者としての自然が二人の間に這入って来た。二人は何時となく普通夫婦の利くような口を利き出した」という場面が描かれてもいる（新潮文庫版一五四頁）が、これも世間的によくある夫婦にのみ訪れる一現象を指していると見てよいだろう。

「晴れたり曇ったり」

「ご病人はどうなの」、姉（お夏）を訪ねて帰宅した健三に細君が尋ねた。姉は持病の喘息で苦しんでいたが、兄の言うほど重篤でもなく、とりあえずは回復していた。

「何もう好いんだ。寐てはいるが危篤《きとく》でも何でもないんだ。まあ兄貴に騙《だま》されたようなものだね」――中略――

「騙されてもその方がいくら好いか知れやしませんわ、貴夫《あなた》。若《も》しもの事でもあって御覧なさい、それこそ……」

「兄貴が悪いんじゃない。兄貴は姉に騙されたんだから。その姉は又病気に騙されたんだ。つまり皆《みん》な騙されているようなものさ、世の中は。一番利口なのは比田かも知れないよ。いくら女房が煩《わず》らったって、決して騙されないんだからね」

「矢っ張り宅にいないの」

「居るもんか。尤も非道《ひど》く悪かった時はどうだか知らないが」（新潮文庫版一九六頁）

比田は金時計と金鎖を見せびらかしたり、最近は債券を二、三枚持っているようだよ、という姉の話を聞きながら、その比田が、健三が毎月送る小遣いさえ姉から借りてしまう癖にどういうことだろうかと思わずにはおれない。姉は、ついに夫の手元に入る、又は現在手元にある、金高を決して知る事が出来なかった。

姉をこういう地位に立たせて平気でいる比田は、健三から見ると領解しがたい人間に違なかった。それが已《やむ》を得ない夫婦関係のように心得て辛抱している姉自身も健三には分らなかった。然し金銭上飽くまで秘密主義を守りながら、時々姉の予期に釣《つ》り合わないようなものを買い込んだり着込んだりして、妄《みだ》りに彼女を驚ろかせたがる料簡《りょうけん》に至っては想像さえ及ばなかった。妻に対する虚栄心の発現、焦《じ》らされながらも夫を腕利《うできき》と思う妻の満足。

――この二つのものだけでは到底充分な説明にならなかった。

「金の要る時も他人、病気の時も他人、それじゃただ一所《いっしょ》にいるだけじゃないか」――中略
――

考える事の嫌な細君はまた何という評も加えなかった。

「然し己《おれ》達夫婦も世間から見れば随分変わってるんだから、そう他《ひと》の事ばかり兎《と》や角《かく》云っちゃいられないかも知れない」

「矢っ張り同《おん》なじ事ですわ。みんな自分だけは好いと思ってるんだから」――中略――

「御前でも自分じゃ好い積《つもり》でいるのかい」

「いますとも。貴夫が好いと思っていらっしゃる通りに」

彼等の争いは能くこういう所から起った。そうして折角穏やかに静まっている双方の心を攪《か》き乱した。健三はそれを慎みの足りない細君の責《せめ》に帰した。細君はまた偏窟《へんくつ》で強情な夫の所為《せい》だとばかり解釈した。

「字が書けなくっても、裁縫《しごと》が出来なくっても、矢っ張り姉のような亭主孝行な女の方が己は好きだ」

「今時そんな女が何処の国にいるもんですか」

細君の言葉の奥には、男ほど手前勝手なものはないという大きな反感が横《よこた》わっていた。

(新潮文庫版一九八頁)

細君は、比較的自由な空気を呼吸して育ったため、形式的な昔風の倫理観に囚われる程厳重な家庭の人とはならなかった。学校も小学校を卒業しただけであった。彼女は考えなかったけれども、考えた結果を野性的に能《よ》く感じていた。

「単に夫という名前が付いているからと云うだけの意味で、その人を尊敬しなくてはならないと強《し》いられても自分には出来ない。もし尊敬を受けたければ、受けられるだけの実質を有った人間になって自分の前に出て来るが好《い》い。夫という肩書などは無くっても構わないから」

不思議にも学問をした健三の方はこの点に於《おい》て却《かえ》って旧式であった。自分は自分の為《ため》に生きて行《ゆ》かなければならないという主義を実現したがりながら、夫の為にのみ存在する妻を最初から仮定して憚《はば》からなかった。

「あらゆる意味から見て、妻は夫に従属すべきものだ」

二人が衝突する大根《おおね》は此所《ここ》にあった。

夫と独立した自己の存在を主張しようとする細君を見ると健三はすぐ不快を感じた。動《やや》ともすると、「女の癖に」という気になった。それが一段劇しくなると忽《たちま》ち「何を生意気な」という言葉に変化した。細君の腹には「いくら女だって」という挨拶《あいさつ》が何時《いつ》でも貯《たくわ》えてあった。

「いくら女だって、そう踏み付にされて堪《たま》るものか」

健三は時として細君の顔に出るこれだけの表情を明かに読んだ。

「女だから馬鹿にするのではない。馬鹿だから馬鹿にするのだ、尊敬されたければ尊敬されるだけの人格を拵えるがいい」

健三の論理《ロジック》は何時の間にか、細君が彼に向って投げる論理《ロジック》と同じものになってしまった。

彼等は斯《か》くして円い輪の上をぐるぐる廻《まわ》って歩いた。そうしていくら疲れても気が付かなかった。

健三はその輪の上にはたりと立ち留る事があった。彼の留る時は彼の激昂《げきこう》が静まる時に外ならなかった。細君はその輪の上で不図《ふと》動かなくなる事があった。然し細君の動かなくなる時は彼女の沈滞が融《と》け出す時に限っていた。その時健三は漸《よう》く怒号を已めた。細君は始めて口を利き出した。二人は手を携えて談笑しながら、矢張《やはり》円い輪の上を離れる訳に行《い》かなかった。（新潮文庫版二〇〇頁）

健三とお住という、学者を業とする男と、小学校しか卒業していないが自由な空気を吸って成長した女が、夫婦の契りを交わして形成する日常生活の中の相克の底に横たわるものが何かが、ここでの記述によく出ている。健三の自己分析は極めて客観的なものと読めるし、お住の人間性への分析も的を射ているように見える。その上で、そのような価値観の差を持つ二人ではあるが、円い輪から外れないとするところが漱石の夫婦観と見るのは誤りであろうか。

「今度は細君の父が来た」

健三の日常生活に、また一つ、決して小さくはない波が押し寄せてきた。健三の留守の間に、細君の父が訪ねてきたのである。しかも、帰りに外套がなくて寒そうだったから、健三が以前田舎にいるころに作った古い外套を着させて帰したというのである。「そんなに窮《こま》っているのかなあ」、「ええ、もうどうする事も出来ないんですって」。

健三は、かつては高級官僚として官邸住まいをしていた細君の父の姿を鮮やかに思い浮かべて、「そんなに貧乏する筈がないだろうじゃないか。何ぼ何だって」、「でも仕方がありませんわ、廻《まわ》り合せだから」、お産を眼前に控えている細君の気息遣《いきづか》いは、ただでさえ重々しかった。

中一日おいて、父はまた来た。持ち込んできたのは、やはり金策談であった。健三は、好い顔はできなかった。

「金の話だから好い顔が出来ないんじゃない。金とは独立した不愉快の為に好い顔が出来ないのです。誤解しては不可《いけま》せん。私はこんな場合に敵討《かたきうち》をするような卑怯《ひきょう》な人間とは違います」

細君の父の前にこれだけの弁解がしたくって堪らなかった健三は、黙って誤解の危険を

冒すより外に仕方がなかった。（新潮文庫版二〇五頁）

細君の父の話は、金策するについて或る人の名を挙げて、健三が保証人になるなら融通すると云っている、というのである。健三はいくら社会的な事柄に無知とはいえ、義理で判を押して生涯社会の底に沈んだままでいる人たちがいることくらいは知っていた。「印を捺《お》す事はどうも危険ですから已《や》めたいと思います。然しその代り私の手で出来るだけの金を調えて上げましょう。無論貯蓄のない私の事だから、調えるにしたところで、どうせ何処からか借りるより外に仕方がないのですが、出来るなら証文を書いたり判を押したりするような形式上の手続きを踏む金は借りたくないのです。私の有っている狭い交際の方面で安全な金を工面した方が私には心持が好いのですから、まず其方《そっち》の方を一つ中《あた》って見ましょう。無論御入用《おいりよう》だけの額《たか》は駄目です。私の手で調える以上、私の手で返さなければならないのは無論の事ですから、身分不相当の借金は出来ません」「どうぞそれじゃ何分」と言って、細君の父は、あの古い外套に身を包んで帰って行った。

健三は、かつての友人を訪ね、金策を頼んだ。友人は、自分の妹婿で病院を経営している人に訊いてくれた。幸い、その人から四百円の金が調い、細君の父の手に入ったのである（新潮文庫版二一〇頁）。

「二人は今までの距離を保ったままで互に手を出し合った。一人が渡す金を一人が受け取った時、二人は出した手を又引き込めた。傍《はた》でそれを見ていた細君は黙って何とも云《い》わなかった」(新潮文庫版二一一頁)。

「細君のお産をめぐって」

細君の父が健三の手で調達《ちょうたつ》された金を受取って帰ってから、それを特別の問題ともしなかった夫婦は、却って余事を話し合った。

「産婆《さんば》は何時頃《ごろ》生れると云うのかい」

「何時って判然《はっきり》云いもしませんが、もう直《じき》ですわ」

「用意は出来てるのかい」

「ええ奥の戸棚《とだな》の中に入っています」

健三には何が這入《はい》っているのか分らなかった。細君は苦しそうに大きな溜息《ためいき》を吐いた。

「何しろこう重苦しくっちゃ堪《たま》らない。早く生れてくれなくっちゃ」

「今度《こんど》は死ぬかも知れないって云ってたじゃないか」

「ええ、死んでも何でも構わないから、早く生んじまいたいわ」

「どうも御気の毒さまだな」

「好《い》いわ、死ねば貴夫《あなた》の所為《せい》だから」

健三は遠い田舎で細君が長女を生んだ時の光景を憶《おも》い出した。不安そうに苦い顔をしていた彼が、産婆から少し手を貸して呉れと云われて産室へ入った時、彼女は骨に応えるような恐ろしい力でいきなり健三の腕に獅噛《しが》み付いた。そうして拷問《ごうもん》でもされる人のように唸《うな》った。彼は自分の細君が身体《からだ》の上に受けつつある苦痛を精神的に感じた。自分が罪人ではないかという気さえした。—中略—

産婆が次に顔を出した時、彼は念を押した。

「一週間以内かね」

「いえもう少し後でしょう」

健三も細君もその気でいた。（新潮文庫版二二四頁）

ところが、日取りが狂って、予期より早く産気づいた細君は、傍《そば》で寝ている夫の夢を驚かした。

「もう出そうなのかい」「少し撫《さす》って遣ろうか」「産婆を呼ぼうか」「ええ早く」。

彼は下女に近所の医師の所の電話を借りて、産婆に連絡するよう命じた。しかし、産婆は容易に来なかった。

「もう生まれます」、彼女は夫に宣告し、今まで我慢に我慢を重ねて怺《こら》えて来たような叫び声を一度に揚げると共に胎児を分娩《ぶんべん》した。

「確《しっ》かりしろ」

すぐ立って蒲団の裾《すそ》の方に廻《まわ》った健三は、どうして好《い》いか分らなかった。その時例の洋燈《ランプ》は細長い火蓋《ほや》の中で、死のように静かな光を薄暗く室内に投げた。健三の眼を落している辺《あたり》は、夜具の縞柄《しまがら》さえ判明《はっきり》しないぼんやりした陰で一面に裹《つつ》まれていた。

彼は狼狽《ろうばい》した。けれども洋燈を移して其所《そこ》を輝《てら》すのは、男子の見るべからざるものを強《し》いて見るような心持がして気が引けた。彼は已《や》むを得ず暗中に模索《もさく》した。彼の右手は忽《たちま》ち一種異様の触覚をもって、今まで経験した事のない或《ある》物に触れた。その或物は寒天のようにぷりぷりしていた。そうして輪郭《りんかく》からいっても恰好《かっこう》の判然《はんぜん》しない何かの塊に過ぎなかった。彼は気味の悪い感じを彼の全身に伝えるこの塊を軽く指頭で撫《な》でて見た。塊りは動きもしなければ泣きもしなかった。ただ撫でるたんびにぷりぷりした寒天のようなものが剥《は》げ落ちるように思えた。若《も》し強く抑えたり持ったりすれば、全体が屹度《きっと》崩れてしまうに違いないと彼は考えた。彼は恐ろしくなって急に手を引込《ひっこ》めた。

「然しこのままにして放《ほう》って置いたら、風邪を引くだろう、寒さで凍《こご》えてしまうだろう」

死んでいるか生きているかさえ弁別《みわけ》のつかない彼にもこういう懸念《けねん》が湧《わ》いた。彼は忽ち出産の用意が戸棚の中《うち》に入れてあるといった細君の言葉を思い出した。そうしてすぐ自分の後部《うしろ》にある唐紙を開けた。彼は其所から多量の綿を引き摺《ず》り出した。脱脂綿という名さえ知らなかった彼は、それを無暗《むやみ》に千切って、柔かい塊の上に載せた。（新潮文庫版二二

七頁）

生まれたのは女の子であった。女ばかり三人目である。細君の産後の様子は、必ずしもよいものではなかった。熱が出たり引っ込んだりした。しかし、大事には至らなかった。

「今度《こんだ》は死ぬ死ぬって云いながら、平気で生きているじゃないか」
「死んだ方が好ければ何時でも死にます」
「それは御随意だ」―中略―
「実際今度《こんだ》は死ぬと思ったんですもの」
「どういう訳で」
「訳はないわ、ただ思うのに」―中略―
「御前は呑気《のんき》だね」
「貴夫こそ呑気よ」―中略―
「産が軽いだけあって、少し小さ過ぎる様だね」
「今に大きくなりますよ」

健三はこの小さい肉の塊りが今の細君のように大きくなる未来を想像した。それは遠い先にあった。けれども中途で命の綱が切れない限り何時か来るに相違なかった。

「人間の運命は中々片付かないもんだな」――中略――

「何ですって」

健三は彼女の前に同じ文句を繰り返すべく余儀なくされた。

「それがどうしたの」

「どうもしないけれども、そうだからそうだと云うのさ」

「詰らないわ。他《ひと》に解らない事さえ云いや、好いかと思って」

細君は夫を捨てて又自分の傍《そば》に赤ん坊を引き寄せた。健三は厭《いや》な顔もせずに書斎へ入った。

彼の心のうちには死なない細君と、丈夫な赤ん坊の外に、免職になろうとしてならずにいる兄の事があった。喘息《ぜんそく》で斃《たお》れようとして未《ま》だ斃れずにいる姉の事があった。新らしい位地が手に入《い》るようでまだ手に入《い》らない細君の父の事があった。その他《た》島田の事も御常の事もあった。そうして自分とこれ等の人々との関係が皆《みん》なまだ片付かずにいるという事もあった。（新潮文庫版二三三頁）

健三にとって、片付ける事、片付けなければならない事、はいくらでもあった。しかし、それぞれの抱える問題は、それこそ円い輪の中をぐるぐる廻っているだけで、一向に終着地点は見えてこなかった。研究者、学者としての健三にとって、これは自分の行く手を阻む厚い壁のような存在であった。

「島田の攻勢強まる」

そのうち健三は御常の二回目の訪問を受けた。特に用件があって来た訳でもなさそうであったが、自分の厄介になっている娘婿の事について色々な話をしたが、所詮は金にまつわるものであった。彼女にとって人間の価値を定めるものは、広い世界に金より外に一つも見当たらないようであった。

健三は、書斎に入って、紙入れの中にあった五円札を手にして、それを御常の前に置いた。そういう積もりで上がったのではは御座いませんから、と前回の時と同じ挨拶をして帰って行った。健三とお住は、御常についてあれこれ話しながら、「あの御婆さんの方がまだあの人（島田）より好いでしょう」「どうして」「五円貰うと黙って帰って行《ゆ》くから」、島田の請求慾の訪問毎に増長するのに比べると、御常の態度は尋常に違《ちがい》なかった。

それから日ならずして、その島田が現れた。

「是非一つ訊いて貰わないと困る事があるんですが」――中略――

「又金でしょう」

「まあそうで。御縫が死んだんで、柴野と御藤との縁が切れちまったもんだから、もう今までのように月々送らせる訳に行かなくなったんでね」―中略―

「今までは金鵄勲章《きんしくんしょう》の年金だけはちゃんちゃんと此方《こっち》へ来たんですがね。それが急に無くなると、まるで目的《あて》が外れる様な始末で、私も困るんです」―中略―

「兎に角こうなっちゃ、御前を措《お》いてもう外《ほか》に世話をして貰う人は誰もありゃしない。だからどうかして呉《く》れなくっちゃ困る」

「そう他《ひと》にのし懸って来たって仕方がありません。今の私にはそれだけの事をしなければならない因縁も何もないんだから」―中略―

健三の態度から深入《ふかい》りの危険を知った島田は、すぐ問題を区切って小さくした。

「永い間の事は又緩々《ゆるゆる》御話しをするとして、じゃこの急場だけでも一つ」―中略―

「この暮を越さなくっちゃならないんだ。何処の宅《うち》だって暮になりゃ百と二百と纏《まとま》った金の要るのは当り前だろう」―中略―

「私にそんな金はありませんよ」

「笑談《じょうだん》云っちゃ不可《いけな》い。これだけの構《かまえ》をしていて、その位の融通が利《き》かないなんて、そんな筈があるもんか」

「有っても無くっても、無いから無いというだけの話です」

「じゃ云うが、御前の収入は月に八百円あるそうじゃないか」―中略―

「八百円だろうが千円だろうが、私の収入は私の収入です。貴方《あなた》の関係した事じゃありません」――中略――

「じゃいくら困っても助けて呉れないと云うんですね」

「ええ、もう一文も上《あげ》ません」――中略――

「もう参上《あが》りませんから」

最後であるらしい言葉を一句遺《のこ》した彼の眼は暗い中《うち》に輝やいた。――中略――

細君は遠くから暗に健三の気色《けしき》を窺《うかが》った。

「一体どうしたんです」

「勝手にするが好いや」

「また御金でも呉れろって来たんですか」

「誰が遣《や》るもんか」――中略――

「あの御婆さんの方が細く長く続くからまだ安全ね」

「島田の方だって、これで片付くもんかね」

健三は吐き出すようにこう云って、来《きた》るべき次の幕さえ頭の中に予想した。（新潮文庫版二五六頁）

「健三の遠い昔の記憶」

同時に今まで眠っていた記憶も呼び覚まされずには済まなかった。彼は始めて新らしい世界に臨む人の鋭どい眼をもって、実家へ引き取られた遠い昔を鮮明《あざや》かに眺めた。

実家の父に取っての健三は、小さな一個の邪魔物であった。何しにこんな出来損《できそこな》いが舞い込んで来たかという顔付をした父は、殆んど子としての待遇を彼に与えなかった。今までと打って変った父のこの態度が、生《うみ》の父に対する健三の愛情を、根こぎにして枯らしつくした。彼は養父母の手前始終自分に対してにこにこしていた父と、厄介物《やっかいもの》を背負《しょ》い込んでからすぐ慳貪《けんどん》に調子を改めた父とを比較して一度は驚いた。次には愛想《あいそ》をつかした。然し彼はまだ悲観する事を知らなかった。発育に伴なう彼の生気《せいき》は、いくら抑え付けられても、下からむくむくと頭を擡《もた》げた。彼は遂に憂鬱《ゆううつ》にならずに済んだ。

子供を沢山有《も》っていた彼の父は、毫も健三に依怙《かか》る気がなかった。今に世話になろうという下心のないのに、金を掛けるのは一銭でも惜しかった。繋《つな》がる親子の縁で仕方なしに引き取ったようなものの、飯を食わせる以外に、面倒を見て遣るのは、ただ損になるだけであった。

その上肝心の本人は帰って来ても籍（戸籍上の養子縁組関係）は復らなかった。いくら実家で丹精して育て上たにした所で、いざという時に、又伴《つ》れて行かれればそれまでであった。

「食わすだけは仕方がないから食わして遣る。然しその外の事は此方《こっち》じゃ構えない。先方《むこう》でするのが当然だ」

父の理窟はこうであった。

島田は又島田で自分に都合の好《い》い方からばかり事件の成行《なりゆき》を観望していた。

「なに実家へ預けて置きさえすればどうにかするだろう。その内健三が一人前になって少しでも働らけるようになったら、その時表沙汰《おもてざた》にしてでも此方《こっち》へ奪還《ふんだ》くってしまえばそれまでだ」

健三は海にも住めなかった。山にも居られなかった。両方から突き返されて、両方の間をまごまごしていた。同時に海のものも食い、時には山のものにも手を出した。

実父から見ても養父から見ても、彼は人間ではなかった。寧ろ物品であった。ただ実父が我楽多《がらくた》として彼を取り扱ったのに対して、養父には今に何かの役に立てて遣ろうという目算《もくさん》があるだけであった。（新潮文庫版二五八頁）

健三が、或る日養家を訪ねた際、「もう此方《こっち》へ引き取って、給仕《きゅうじ》でも何でもさせるからそう思うが可《い》い」と島田が云うのを聞いて、健三は逃げ帰った。その時の年齢は定かではなかったが、彼の心の中には、何でも長い間の修業をして、立派な人間になって世間に出なければならないという慾が、もう充分萌《きざ》している頃《ころ》であった。彼は、どうかこうか給仕にならずに済んだ。

「然し今の自分はどうして出来上ったのだろう」

彼はこう考えると不思議でならなかった。その不思議のうちには、自分の周囲と能く闘い終《おお》せたものだという誇りも大分交《まじ》っていた。―中略―

彼は過去と現在との対照を見た。過去がどうしてこの現在に発展して来たかを疑がった。しかもその現在の為に苦しんでいる自分にはまるで気が付かなかった。

彼と島田との関係が破裂したのは、この現在の御蔭《おかげ》であった。彼が御常を忌《い》むのも、姉や兄と同化し得ないのもこの現在の御蔭であった。細君の父と段々離れて行《ゆ》くのも亦《また》この現在の御蔭に違なかった。一方から見ると、他《ひと》と反《そり》が合わなくなるように、現在の自分を作り上げた彼は気の毒なものであった。（新潮文庫版二五九頁）

「細君（お住）の攻勢」


細君は健三に向って云った。――

「貴夫《あなた》に気に入る人はどうせ何処《どこ》にもいないでしょうよ。世の中はみんな馬鹿《ばか》ばかりですから」

健三の心はこうした諷刺《ふうし》を笑って受ける程落付いていなかった。周囲の事情は雅量に乏しい彼を益窮屈《ますます》にした。

「御前は役に立ちさえすれば、人間はそれで好いと思っているんだろう」

「だって役に立たなくっちゃ何にもならないじゃありませんか」——中略——

「役に立つばかりが能じゃない。その位の事が解らなくってどうするんだ」

健三の言葉は勢い権柄《けんぺい》ずくであった。傷《きず》けられた細君の顔には不満の色がありありと見えた。

機嫌《きげん》の直った時細君は又健三に向った。

「そう頭からがみがみ云わないで、もっと解るように云って聞かして下すったら好いでしょう」

「解るように云おうとすれば、理窟ばかり捏《こ》ね返すっていうじゃないか」

「だからもっと解り易《やす》い様に。私に解らないような小むずかしい理窟は已めにして」

「それじゃどうしたって説明しようがない。数字を使わずに筭術《さんじゅつ》を遣れと注文するのと同じ事だ」

「だって貴夫の理窟は、他《ひと》を捻《ね》じ伏せるために用いられるとより外に考えようのない事があるんですもの」

「御前の頭が悪いからそう思うんだ」

「私の頭も悪いかも知れませんけれども、中味のない空っぽの理窟で捻じ伏せられるのは嫌《きらい》ですよ」

二人は又同じ輪の上をぐるぐる廻り始めた。―中略―

四五日前少し強い地震のあった時、臆病《おくびょう》な彼はすぐ縁《えん》から庭へ飛び下りた。彼が再び座敷へ上《あが》って来た時、細君は思いも掛けない非難を彼の顔に投げ付けた。

「貴夫は不人情ね。自分一人好《よ》ければ構わない気なんだから」

何故《なぜ》子供の安危《あんき》を自分より先に考えなかったかというのが細君の不平であった。咄嗟《とっさ》の衝動から起った自分の行為に対して、こんな批評を加えられようとは夢にも思っていなかった健三は驚ろいた。

「女にはああいう時でも子供の事が考えられるものかね」

「当り前ですわ」

健三は自分が如何にも不人情のような気がした。（新潮文庫版二六四頁）

「島田の使者の来訪」

年の暮れになった。健三は書斎で試験答案の採点を作業をしながら、机の上に積み重ねた束を見て落胆した。「ペネロピーの仕事」（永遠に終わることのない仕事）という英語の俚諺《ことわざ》が何遍となく彼の口に上がった。そこへ細君が一枚の名刺を持って来て、来訪者を告げた。健三は、今は差し支えるからと言って、二日後の午後に会うことにして、その日は帰ってもらった。

健三とお住は、この来訪者の魂胆を忖度《そんたく》していた。「また何かそう云って来る気でしょうね。執《しっ》ッ濃《こ》い」「相変らず困るんでしょう」「暮のうちにどうかしようと云うんだろう。馬鹿らしいや」「御前の宅《うち》の方はどうだい」、細君の父の行く末も霞のかかったような有様で、細君も運命なんだからと諦めているようであった。

見知らぬ名刺の持参者は、健三の指定した日に現れた。島田のために来たその男は、健三には見覚えのない男であったが、その男に言わせると、昔、島田が扱所（事務扱所。今の区役所のようなもの）を遣っていたころ、そこに勤めていた者だと言う。健三の世話もしたことがあると言う。健三には思い出せなかった。

「その縁故で今度又私が頼まれて、島田さんの為に上《あが》ったような訳合《わけあり》なんです」――中略――

「もう再び御宅へは伺わないと云ってますから」

「この間帰る時既にそう云って行ったんです」

「で、どうでしょう、此所《ここ》いらで綺麗《きれい》に片を付ける事にしたら。それでないと何時まで経っても貴方が迷惑するぎりですよ」――中略――

「いくら引っ懸っていたって、迷惑じゃありません。どうせ世の中の事は引っ懸りだらけなんですから。よし迷惑だとしても、出すまじき金を出す位なら、出さないで迷惑を我慢していた方が、私には余ッ程心持が好いんです」

その人はしばらく考えていた。少し困ったという様子も見えた。然しやがて口を開いた時は思いも寄らない事を云い出した。

「それに貴方も御承知でしょうが、離縁の際貴方から島田へ入れた書付がまだ向うの手にありますから、この際若干《いくら》でも纏《まと》めたものを渡して、あの書付と引《ひ》き易《か》えになすった方が好《よ》くはありませんか」

健三はその書付を慥《たしか》に覚えていた。彼が実家へ復籍する事になった時、島田は当人の彼から一札《いっさつ》入れて貰《もら》いたいと主張したので、健三の父も已を得ず、何でも好いから書いて遣れと彼に注意した。何も書く材料のない彼は仕方なしに筆を執った。そうして今度離縁になったに就いては、向後御互《こうごおたがい》に不義理不人情な事はしたくないものだという意味を僅《わずか》二行余《あまり》に綴《つづ》って先方へ渡した。

「あんなものは反故同然《ほごどうぜん》ですよ。向《むこう》で持っていても役に立たず、私が貰っても仕方がないんだ。もし利用出来る気ならいくらでも利用したら好いでしょう」

健三にはそんな書付を売り付けに掛るその人の態度が猶《なお》気に入らなかった。

話が行《ゆ》き詰るとその人は休んだ。それから好い加減な時分にまた同じ問題を取り上げた。

——中略——収束する所なく共に動いていた健三は仕舞《しまい》に飽きた。

「書付を買えの、今に迷惑するのが厭《いや》なら金を出せのと云われると此方《こっち》でも断るより外に仕方がありませんが、困るからどうかして貰いたい、その代り向後一切無心がましい事は云って来ないと保証するなら、昔の情義上少しの工面はして上げても構いません」

「ええそれがつまり私の来た主意なんですから、出来るならどうかそう願いたいもんで」

――中略――

「じゃどの位出して下さいます」――中略――

「まあ百円くらいなものですね」

「百円」

その人はこう繰り返した。

「どうでしょう、せめて三百円位にして遣る訳には行《ゆ》きますまいか」

「出すべき理由さえあれば何百円でも出します」

「御尤《ごもっと》もだが、島田さんもああして困ってるもんだから」

「そんな事をいやあ、私だって困っています」――中略――

「元来一文も出さないと云ったって、貴方の方じゃどうする事も出来ないんでしょう。百円で悪けりゃ御止《およ》しなさい」

相手は漸く懸引《かけひき》を已《や》めた。

「じゃ兎《と》も角《かく》も本人によくそう話して見ます。その上で又上《あが》る事にしますから、どうぞ何分」（新潮文庫版二七二頁）

二三日すると、島田に頼まれた男が訪ねて来た。

「実はこの間の事を島田によく話しました所、そういう訳なら致し方がないから、金額はそれで宜《よろ》しい、その代りどうか年内に頂戴《ちょうだい》致したい、とこういうんですがね」――中略――

「年内たってもう僅かの日数しかないじゃありませんか」

「だから向うでも急ぐ様な訳でしてね」

「あれば今すぐ上げても好《い》いんです。然し無いんだから仕方がないじゃありませんか」――中略――

「どうでしょう、其所《そこ》のところを一つ御奮発は願われますまいか。私も折角こうして忙しい中を、島田さんのために、わざわざ遣《や》って来たもんですから」――中略――

「御気の毒ですが出来ませんね」――中略――

「じゃ何時《いつ》頃頂けるんでしょう」――中略――

「いずれ来年にでもなったらどうにかしましょう」

「私もこうして頼まれて上《あが》った以上、何とか向《むこう》へ返事をしなくっちゃなりませんから、せめて日限でも一つ御取極《おとりきめ》を願いたいと思いますが」

「御尤もです。じゃ正月一杯とでもして置きましょう」（新潮文庫版二七八頁）

相手は帰って行った。

その晩、寒さと倦怠《けんたい》を凌《しの》ぐために蕎麦湯《そばゆ》を拵《こしら》えて貰った健三は、それを啜《すす》りながら細君と話し合った。


「又百円どうかしなくっちゃならない」

「貴夫《あなた》が遣らないでも好いものを遣るって約束なんぞなさるから後で困るんですよ」

「遣らないでも可《い》いのだけれども、己《おれ》は遣るんだ」

言葉の矛盾がすぐ細君を不快にした。

「そう依怙地《えこじ》を仰しゃればそれまでです」

「御前は人を理窟《りくつ》ぽいとか何とか云って攻撃する癖に、自分にゃ大変形式ばった所のある女だね」

「貴夫こそ形式が御好きなんです。何事にも理窟が先に立つんだから」

「理窟と形式とは違うさ」

「貴夫のは同《おん》なじですよ」

「じゃ云って聞かせるがね、己は口にだけ論理《ロジック》を有っている男じゃない。口にある論理《ロジック》は己の手にも足にも、身体《からだ》全体にもあるんだ」

「そんなら貴夫の理窟がそう空っぽうに見える筈《はず》がないじゃありませんか」

「空っぽうじゃないんだもの。丁度ころ柿《かき》の粉《こ》のようなもので、理窟が中《うち》から白く吹き出すだけなんだ。外部《そと》から喰付《くっつ》けた砂糖とは違うさ」

こんな説明が既に細君には空っぽうな理窟であった。何でも眼に見えるものを、しっかと手に攫《つか》まなくっては承知出来ない彼女は、この上夫と議論する事を好まなかった。又しようと思っても出来なかった。

「御前が形式張るというのはね。人間の内側はどうでも、外部《そと》へ出た所だけを捉《つら》まえさえすれば、それでその人間が、すぐ片付けられるものと思っているからさ。丁度御前の御父《おとっ》さんが法律家だもんだから、証拠さえなければ文句を付けられる因縁がないと考えているようなもので……」

「父はそんな事を云った事なんぞありゃしません。私だってそう外部《うわべ》ばかり飾って生きてる人間じゃありません。貴夫が不断からそんな僻《ひが》んだ眼で他《ひと》を見ていらっしゃるから……」

細君の瞼《まぶた》から涙がぽたぽた落ちた。云う事がその間に断絶した。島田に遣る百円の話しが、飛んだ方角へ外《そ》れた。そうして段々こんがらかって来た。（新潮文庫版二八〇頁）

「細君の情報」

細君は、年の暮の無沙汰見舞いに出かけて帰って来た。細君の実家の様子に特に変化はなかったことなどを伝えた後、比田が退職して得た金が結構な額らしく、それを運用するのに誰か借り手を探しているというような話を兄から聞き込んできた。兄自身が借り手になってくれと頼まれているという。「あの人（島田）に遣る御金を比田さんから借りなくって」、細君のこうした発言には、そんな背景があった。

「馬鹿だな。金を借りて呉れ、借りて呉れって、此方《こっち》から頼む奴《やつ》もないじゃないか。兄貴だって金は欲しいだろうが、そんな剣呑《けんのん》な思いまでして借りる必要もあるまいからね」――中略――

「御前己が借りるとでも云ったのかい」

「そんな余計な事云やしません」

利子の安い高いは別問題として、比田から融通して貰《もら》うという事が、健三には迚《とて》も真面目に考えられなかった。彼は毎月若干《いくら》かずつの小遣を姉に送る身分であった。その姉の亭主から今度は此方《こっち》で金を借りるとなると、矛盾は誰の眼《め》にも映る位明白であった。

「辻褄《つじつま》の会わない事は世の中に幾何《いくら》でもあるにはあるが」――中略――

「何だか変だな。考えると可笑《おか》しくなるだけだ。まあ好いや己《おれ》が借りて遣らなくってもどうにかなるんだろうから」

「ええ、そりゃ借手はいくらでもあるんでしょう。現にもう一口ばかり貸したんですって。

彼所《あすこ》いらの待合か何かへ」（新潮文庫版二八四頁）

待合という言葉が健三の耳に猶更《なおさら》滑稽に響いた。その感じの後に、健三は比田について不愉快な昔まで思い出させられた。

「世の中に片付くなんてものは殆んどありゃしない」

歳が改まった。健三は普通の服装をして、ぶらりと表へ出た。なるべく新年の空気の通わない方へ足を向けた。幸い、天気は穏やかであった。空風《からかぜ》の吹き捲《まく》らない野面《のづら》には、春に似た靄《もや》が遠く懸っていた。その間から落ちる薄い日影もおっとりと彼の身体《からだ》を包んだ。彼は、人もなく路《みち》もない所へ、わざわざ迷い込んだ。気分を紛らそうとして絵を描いたが、それがあまり不味《まず》いので、写生は却って彼を自暴《やけ》にするだけであった。彼は、宅に帰って来た。その途中で、島田に遣るべき金の事を考えて、不図《ふと》何か書いて見ようという気を起こした。

試験の答案の採点らしき仕事を終えた健三には、新しい学期の始まるまでには、未だ十日ばかりの間があった。彼は、その十日を利用して、原稿紙に向かった。健康の次第に衰えつつある不快な事実を認めながら、それに注意を払わなかった彼は、猛烈に働いた。恰《あたか》も自分で自分の身体《からだ》に反抗でもするように、恰もわが衛生を虐待《ぎゃくたい》するように、又己れの病気に敵討《かたきうち》でもしたいように。彼は血に餓《う》えた。しかも、他《ひと》を屠《ほふ》る事が出来ないので、已《やむ》を得ず、自分の血を啜《すす》って満足した。

予定の枚数を書き了《お》えた時、彼は筆を投げて畳の上に倒れた。書いたものを金に換える段になって、彼は大した困難にも遭遇せずに済んだ。ただ、どんな手続きでそれを島田に渡して好《い》いか、一寸《ちょっと》迷った。直接の会見は彼も好まなかった。向うも、もう参上《あが》りませんと言い放った最後の言葉に対して、彼の前へ出て来る気のない事は知れていた。

「矢っ張御兄《おあに》さんか比田さんに御頼みなさるより外に仕方がないでしょう。今までの行掛《ゆきがか》りもあるんだから」

「まあそうでもするのが、一番適当な所だろう。あんまり有難くはないが。公けな他人を頼む程の事でもないから」（新潮文庫版二八八頁）

姉を訪ねた。事の経緯を話した。比田も一緒であった。比田は、依頼の趣旨を引き受けてくれた。

松飾りの取り払われた頃、比田と兄が健三の宅を訪れた。

比田は懐《ふところ》から書付を二枚出して健三の前に置いた。

「まあこれで漸く片が付きました」

その一枚には百円受取った事と、向後一切の関係を断つという事が古風な文句で書いてあった。――中略――

「どうも御手数でした、ありがとう」

「こういう証文さえ入れさせて置けばもう大丈夫だからね。それでないと何時《いつ》まで蒼蠅《うるさ》く付け纏《まと》わられるか分ったもんじゃないよ。ねえ長さん」

「そうさ。これで漸く一安心出来たようなものだ」――中略――

二人が帰ったあとで、細君は夫の前に置いてある二通の書付を開いて見た。

「此方《こっち》の方は虫が食ってますね」

「反故《ほご》だよ。何にもならないもんだ。破いて紙屑籠へ入れてしまえ」

「わざわざ破かなくっても好いでしょう」

健三はそのまま席を立った。再び顔を合わせた時、彼は細君に向って訊《き》いた。――

「先刻《さっき》の書付はどうしたい」

「箪笥《たんす》の抽斗《ひきだし》に仕舞って置きました」

彼女は大事なものでも保存するような口振でこう答えた。健三は彼女の処置を咎《とが》めもしない代りに、賞《ほ》める気にもならなかった。

「まあ好かった。あの人だけはこれで片が付いて」――中略――

「何が片付いたって」

「でも、ああして証文を取って置けば、それで大丈夫でしょう。もう来る事も出来ないし、来たって構い付けなければそれまでじゃありませんか」

「そりゃ今までだって同じ事だよ。そうしようと思えば何時でも出来たんだから」

「だけど、ああして書いたものを此方《こっち》の手に入れて置くと大変違いますわ」

「安心するかね」

「ええ安心よ。すっかり片付いちゃったんですもの」

「まだ中々片付きゃしないよ」

「どうして」

「片付いたのは上部《うわべ》だけじゃないか。だから御前は形式張った女だというんだ」

細君の顔には不審と反抗の色が見えた。

「じゃどうすれば本当に片付くんです」

「世の中に片付くなんてものは殆んどありゃしない。一遍起った事は何時までも続くのさ。ただ色々な形に変るから他《ひと》にも自分にも解らなくなるだけの事さ」

健三の口調は吐き出す様に苦々しかった。細君は黙って赤ん坊を抱き上げた。

「おお好い子だ好い子だ。御父さまの仰《おっし》ゃる事は何だかちっとも分りゃしないわね」

細君はこう云い云い、幾度《いくたび》か赤い頬《ほほ》に接吻《せっぷん》した。（新潮文庫版二九二頁）

余滴

以上で、小説『道草』のメインストリームを追ってみた。漱石は、自分の書く小説のタイトルについては必ずしも格別の拘《こだわ》りを持っていなかったように思われる。『吾輩は猫である』も高浜虚子のアイデアと言ってもよいし、『門』などは、門下生の小宮豊隆と森田草平が命名したとされているし、『虞美人草』に至っては、縁日で偶然見つけた鉢植えからとった名前だとされている。

しかし、『道草』はどうであろうか。これは、漱石自身のアイデアではないかと思われる。道草ということの意味は、言うまでもなく、目的地に達する途中で、他のことに時間を費やすことであるから、『道草』の筋を追えば、主人公の健三は、学者として研究教育にエネルギーを傾注しなければならない時期に、「出自のもたらす義理と血縁にまつわりつかれた」（江藤淳『漱石と疎の時代』第五部二四二頁）のは文字どおり道草以外の何物でもなかったであろうから、『道草』なるタイトルはごくごく自然に浮かんだものなのかも知れない。

ところで、『道草』は大正四年（一九一五年）六月三日から朝日新聞に掲載されたものであるが、この作品を書く契機となったと思われるエッセイがある。同じ年の一月十三日から朝日新聞に掲載された、『硝子戸の中』の一文である。次のような内容のものである。

「私は今まで他《ひと》の事と私の事をごちゃごちゃに書いた。他の事を書くときには、なるべく相手の迷惑にならないようにとの掛念《けねん》があった。私の身の上を語る時分には、かえって比較的自由な空気の中に呼吸することが出来た。それでも私はまだ私に対して全く色気を取り除き得る程度に達していなかった。嘘《うそ》を吐《つ》いて世間を欺《あざむ》くほどの衒気《げんき》がないにしても、もっと卑《いや》しい所、もっと悪い所、もっと面目《めんもく》を失するような自分の欠点を、つい発表しずにしまった」（『硝子戸の中・三十九』岩波文庫一一三頁）と述べているのがそれである。その意味で、『道草』は、まさに自伝的様相の濃いものになっているのである。

小説を読めば明らかになることであるが、『道草』では健三が遠い所から帰ってきて、駒込の奥に所帯をもった頃（三月ころ？）から翌年の一月中旬までの十ヶ月前後の間の出来事として描かれている。しかし、この作品の基礎にある事実、つまり、漱石と養父塩原昌之助との話は、明治三十九年（一九〇六年）春から同四十二年（一九〇九年）十一月までのほぼ四年間に及んでいたので、作品ではかなり縮めたということであろう。

この作品は、吉本隆明氏が指摘されているとおり、健三が幼年時代に養子にやられた先の養父からの金の無心から始まり、手切金を渡して向後の交際を絶つというところまでが「横糸」として展開し、他方で、夫婦として何事につけ噛み合わない健三・お住夫婦の日常生活の経過が「縦糸」となって展開している（吉本隆明『夏目漱石を読む』ちくま文庫二三九頁）。そして、もう一つ、この作品全体の中に流れる主題として「片付かない」ことの問題が通奏低音として貫かれているということである。

健三は、三歳の時に島田家に養子に出されていたが、復籍しないまま、七歳で実家に引き取られ、籍が戻ったのは二十二歳の時であったという背景が基礎にある。その時の養父であった島田が、離縁後十五、六年経って、なぜ健三の前に突然現れたのか、一見奇異な感じがしないわけではないが、島田の改めての交際の求めや、経済的援助の求めにお住の言うように毅然としてそれを断る姿勢を示せなかった背後には、やはり健三が養子として島田等の世話を受けた記憶が、健三の胸の奥深くに刻み込まれていたからであろう。それは、健三自身にしか分からない経験と記憶であり、細君のお住の理解を超えるところでもあったであろう。夫婦の相克の原因の一つは、そこにあると見てよいであろう。

健三の心には、自分を粗末に扱った実父の振舞いの記憶の他方に、理由はともあれ、自分に対してとにかく大事にしてくれた（功利的な動機にせよ）養父母の存在があった。どちらも、健三にとっては厭な事であったにしろ、養父母の「自分にしてくれた」ことへの事実的認識は、健三の頭から離れることはなかったはずである。

島田や御常の接近は、「拒否」という一事では済まされない何かが健三の心中にあったことが、「横糸」の問題を解決に導くのに時間を要した原因であろう。いずれにしても、最終的には、健三が自ら小説を書くことにより得た金で手切金を島田に渡して、一応こちらの問題は決着することになる。もっとも、健三はそうは思っていないようではあるが、世間的に見れば、お住の言う通り解決したことになるのであろう。

しかし、健三の周りには、小役人の兄もいるし、喘息持ちの姉もいれば、もとの養母の御常もいる。それぞれが、程度の差こそあれ、健三を頼りにしている。血縁の義理に囲まれているのである。そうした問題は、「片付いた」問題ではもちろんない。これからも続くのである。健三の孤独な姿が浮かんでくるようである。

他方、健三とお住の夫婦の関係である。この夫婦については、例えば、「意地を張り合って心の交流の欠けた夫婦」（森まゆみ『千駄木の漱石』六三頁）とか、「たいへんすさまじい夫婦」（吉本隆明『夏目漱石を読む』二五一頁）だという批評がある。

確かにその通りではあるが、それでこの夫婦の評価を終わりとするのであれば、いささか寸足らずということになるのではなかろうか。健三には、時として被害妄想、追跡妄想に陥る事があり、他方、お住にもヒステリー症状があり、それらに起因する諍いが繰り返されることはある。

しかし、学歴も根本的に違い、思考の論理も過程も異なるこの夫婦が、とにかく円い輪の中から外れることなく生活を共にしている実態を見ると、必ずしも「心の交流が欠けた」夫婦とは言えないであろう。

作品の中に出てくる健三とお住の会話部分をよく吟味して読むと、一見「すさまじい」ように見える会話の中に、この夫婦のある種の「愛情」の存在を認識することもできるのである。確かに、健三はお住を馬鹿にしているところがあり、お住は健三を世間知らずの理窟屋ぐらいに思っている。それでも、この二人は折に触れ、お互いに思っていることを言い合っているのである。ズレていながら、「離れればいくら親しくってもそれ切になる代りに、一所にいさえすれば、たとい敵同士でもどうにかこうにかなるものだ」ということである。

つまり、健三とお住は、お互いにズレていることを自覚しながら、喧嘩の中で御互いのストレスを発散しているとも言えるのである。それも一つの愛の形と言えよう。

健三が島田の無心を求められた時でも、健三はとにかくお住に相談している。これは、同じ輪の中でぐるぐる回っている夫婦でなければできないことであろう。

また、会話（口論）の中には、時としてユーモアのセンスを感じさせる部分さえあるのである。健三とお住の様子からは、こうした一面も垣間見ることができるのである。

こうした見方は、健三を漱石、お住を鏡子夫人という実際の人間に置き換えてみても、漱石の神経症がひどく奇行が目立ち、暴言や暴力までふるうようになった時期、鏡子夫人は周囲から離婚をすすめられても、頑として首を縦に振らなかったと言われているのも、首肯できないわけではない。

いずれにしても、『道草』をつぶさに読むと、主人公健三の、人を真から憎むことのできない、本質的に優しい、温かい心根を持った人間像が浮かんでくるのである。同時に、そのような心根を素直な形で言葉や態度として必ずしも十分に表すことのできない人間像も推測し得るのである。それは同時に、漱石の「人間観」の一つでもあると思う。

漱石の作品は、よく言われるように、その書き出しと締めくくりの双方が、実に鮮やかであるところに一つの特徴がある。蛇足ながら、終わりだけ示しておこう。
『門』では、以下のようになっている。
お米「本当に難有《ありがた》いわね。漸くの事春になって」
宗助「うん、然し又じきに冬になるよ」
『道草』では、以下のようになっている。
お住「まあ好かった。あの人だけはこれで片が付いて」
健三「世の中に片付くなんてものは殆んどありゃしない。一遍起こった事は何時までも続くのさ。ただ色々な形に変るから他《ひと》にも自分にも解らなくなるだけの事さ」
お住「おお好い子だ好い子だ。御父さまの仰ゃる事は何だかちっとも分りゃしないわね」
にくい締めくくりである。

十　鏡子夫人から見た人間「漱石」――『漱石の思い出』から

今回は、漱石と二十年間、夫婦として過ごした鏡子夫人による『漱石の思い出』から、夫人の見た漱石の人間像の一端を覗いてみることにしよう。文献は、夏目鏡子述・松岡譲筆録（『漱石の思い出』文春文庫、一九九四年）に拠る。

筆録者の松岡譲氏は漱石・鏡子夫妻の長女筆子氏の夫に当たる人である。漱石門下生の一人でもあった。この書物は漱石没後十年余の期間経過後に鏡子夫人の口述に基づき松岡氏が筆録されたものである。必ずしも夫人の記憶のみではなく、いろいろな資料的なものも参考にしてまとめられたものではある。ただ、思い出の対象である漱石は既に雑司ヶ谷の墓地で眠っている時のものであるから、当然のことながらこの『思い出』の内容について漱石本人は知る由もない。正義感に溢れ、事実・公平を大事にする漱石から見れば「反論の場を与えないで俺のことを書くのはアンフェアだ」と天国からクレームをつけているかも知れない。

漱石のかっての門下生の中には、例えば小宮豊隆などのように、この『思い出』の内容についてかなり違和感を有している人もいたようである。しかし、仮にそういう見方があるとしても、夫婦として二十年間、ともに暮らしてきた妻であった人の述懐であるから、かなりの客観性・真実性を備えているであろうことも肯定できよう。いずれにしても、本書が「妻の見た漱石」「家庭における漱石」の一端を知る上で、大いなる価値を有するものであることは否定できないと思う。この本で取り上げられている項目は六十項目以上にのぼっているが、これらの中からいくつかを取り出して、その内容を要約して紹介することにしよう。

漱石との見合い・結婚について

鏡子の父は中根重一といい、当時貴族院の書記官長をしていた。鏡子は長女であった。夏目金之助のことが結婚相手として話題になり、父は知人に金之助の評判を聞いたりすると、学校でも大変評判のいい男であったという話である。そこで写真の交換をすることになった。双方写真判定では特に異存はなかった。明治二十八年十二月、当時松山にいた金之助は、見合いのために上京してきた。鏡子はその時何を話したか記憶になかったが「いい印象をうけたことだけは確《たし》かのよう」と語る。ただその見合いの席での挿話の一つに、金之助の鼻の頭の「あばた」の存在があり、鏡子もそれを認識したが、それを話題にすると父に叱られたのでそれきりになったという。

他方、金之助も兄たちに鏡子の印象を聞かれると「歯並びの悪いのを強《し》いて隠さずにいるところが気に入った」と答えたという。折から正月でもあり、金之助は中根家の新年会に来て「かるたとり」や「福引き」などをして遊んだという。

同年一月七日、金之助は松山に帰るので、鏡子は新橋まで見送りに行った。その時朝寝坊の子規はこられず、後で言い訳のはがきに「寒けれど富士見る旅はうらやまし」との句を書いたものが届いたという。

さて、婚約は成立したが、その後金之助は松山から熊本へ転じていたので、熊本に嫁入りすることになった。式は熊本市内の借家の離れで行われた。しかし出席者は、新郎新婦以外は、新婦の父と東京から連れてきた年とった婆やと車夫ぐらいである。鏡子はおよそ嫁に行くというような気持ちにならないだけでなく、晴れの結婚式だという情も移らなかったと述懐している。明治二十九年六月のことであった。

結婚の祝いの手紙が、狩野亨吉、松本文三郎、米山保三郎、山川信次郎の連名できた。手紙は堂々たるもので、お祝いの品別紙目録とあり、鯛昆布から始まってめでたいものが尽くしてあったが、読み進んでいくと、「お祝いの品々は遠路のところ後より送り申さず候」とあった。悪友たちは早速新婚夫婦を一本かついだのである。

新婚生活の始まりに、鏡子は金之助から早々に宣告された。「俺は学者で勉強しなければならないのだから、おまえなんかにかまってはいられない。それは承知していてもらいたい」。新家庭は波乱含みでスタートしたのである。鏡子は昔から朝寝坊であった。今でいう夜型人間である。どうかすると金之助より後《あと》に起き、食事をさせることもできない日もあった。何とか努力して早起きにチャレンジするがうまくいかない。自然ぼんやりしていることが多い。やることにへまが多くなる。「おまえはオタンチンノパレオラガスだよ」とからかわれたという。〈この「オタンチンノパレオラガス」は『吾輩は猫である』の中の泥棒騒動のところにも出てくる。〉田舎住まいの経験のない鏡子にとっては、金之助に一緒に行動して欲しいと思うが、生徒に見られるからいやだと言って、そういう機会はまずなかったらしい。夏目三十歳、鏡子二十歳であった（『漱石の思い出』一七頁）。

長女誕生

明治三十一年秋、鏡子は妊娠した。猛烈なつわりに悩まされたようである。その頃漱石の作った句に「病妻の閨《ねや》に灯ともし暮るゝ秋」があり、妻の病気をみとってくれて詠んだ句の一つという。この頃漱石は俳句づくりに熱心で、多くの句を子規のところに送っていたという。また「謡《うたい》」も始めていたという。明治三十二年五月に、長女筆子が生まれた。筆子という命名は、鏡子が字がへただったので、せめてこの子は字が上手くなって欲しいという願いから、漱石の意見に従いこの名にしたという。結婚して三年後にできた子でもあったので、漱石は随分可愛がり、自分でよく抱いたりしていたという。また、この赤ん坊を膝の上にのせて、「もう十七年たつと、これが十八になって、俺が五十になるんだ」などと独りごちていたらしい。偶然の一致とは言え、本当に筆子が十八の時五十で亡くなった。妙な気がしたという。翌年の初雛《はつびな》に、子規さんが三人官女を送って下さった。筆子はそれを秘蔵していたという。このころ、暑中休暇中に五高生が英語を習いに自宅に来ていたが、二時間ぐらい厳しく教えていたという。鏡子は、あまり厳しく叱るので学生に同情して、漱石に「教場（学校）でもあなたはあんなにがみがみお叱りになるの」と聞いたことがある。「いいや、学校じゃあんなに口やかましくは叱りゃしないさ」と言っていたという（『漱石の思い出』八四頁）。

洋行

熊本の第五高等学校在職中の明治三十三年に、文部省給費留学生として二年間の英国留学が決まった。その年九月、横浜港から出発するので横浜まで見送りに行く。プロイセン号というドイツ船であるから日本人は少ない。同行の留学生の芳賀矢一、藤代禎輔が一緒であった。

漱石は道中からもよく便りをくれた。ロンドンに落ちついてからは、やはりこちらからの便りが欲しかったようである。しかし、鏡子はもともと筆不精のところに子供がいるし、二番目の子を懐胎しているような事情も重なり、なかなか手紙を書くことが出来なかった。「なぜ書けないのか」「あれやこれやで書く時間がない、あなただって」などとやり合っていた。漱石は「おれは勉強にきて忙しいのだから、そうそうは手紙も書けないと、ちゃんと最初から断わってあるじゃないか。おまえは断わりなしに手紙をよこさない。断わって書かないのと、断わらずに書かないのとはたいへんな違いだ。それに、『あれやこれや』とはいったい何のことだ。いちいちあれやこれやを列挙してごらんなさい」とくる（真剣・率直を大事にする漱石らしい）。そこで鏡子は考えた。長女筆子の日記を活用することである。幼い彼女の書いた日記を送るのである。ある程度まとまった分をまとめて送ると、漱石は大変喜んだという。これが一年余続いたという。

そのほか、英国にいても私（鏡子）のことが気になると見えて、私の頭のハゲが拡大しないように丸髷にはするなとか（これも『吾輩は猫である』に用いられている）、歯並びが悪いのを直しておくようにとか、朝寝坊の苦情とか、いろいろと忠告、助言の類いの便りがきたという。

帰国する年の春ころ、漱石から、ロンドンの気候のせいか、頭が悪くて、この分だと一生この頭は使えないようになるのじゃないかなどと、大変悲観したことを言ってきた。この頃「夏目発狂せり」をいう噂が日本にも伝わっていたそうであるが、自分は一向そんなことを知らずにいた。後に聞いたところによると、文部省にする研究報告ができない、その催促に対して意地になり、白紙の報告書を送ったとか聞く。英文学研究で滞英中のある人が、夏目の下宿を訪ねて宿の主婦に様子を聞いてみると、毎日毎日幾日でも部屋に閉じこもったままで、真っ暗の中で、悲観して泣いているという始末、そんなこともあって夏目の異常さが伝わったものらしい。かなり精神的に参っていたのだと思う。

一人親切な医者がいて、しきりに戸外での運動をすすめたようである。自転車のりもこの時始めたらしい。こうしたことも原因となって、気分も晴れやかになり、頭もなおりかけてきたようである。

漱石の畏友子規が亡くなる直前に、鏡子は見舞いに行った。そのことをロンドンの漱石に知らせると、「いいことをしてくれた」と大変喜んでいた。

留学期限が終了し、帰国を待っていたが何の連絡もない。新聞記事で、神戸に入港する船で帰国する人々の中に「夏目」の名があると誰かが知り、船会社に問い合わせたりした。一月末ころ、神戸上陸の旨の電報が届いた。国府津まで迎えに行った。別段特に変わった様子もなかった。帰国後は、もう熊本には行きたくない、出来れば東京に留まりたいということで、狩野亨吉氏などの骨折りもあり、東京に止どまることになったのである（『漱石の思い出』九九頁）。

「猫」の話

明治三十七年の六月か七月ころと記憶しているが、生まれていくらもたたない子猫が家の中に入ってきた。鏡子は猫嫌いであったので、外へつまみ出すがいくら出してもまた家に入ってくる。それの繰り返しであった。そして、結構悪戯《いたずら》をする。そこで、誰かに頼んで遠くに捨ててもらおうと考えていたところへ、漱石が出てきた。「この猫はどうしたんだい」、「なんだか知らないけれども家へ入ってきてしかたがないから、誰かに頼んで捨ててきてもらおうと思っているのです」、「そんなに入って来るんならおいてやったらいいじゃないか」、同情ある主人の一言で、捨てるのは見合わせた。漱石が腹這いになって新聞を読んでいると背中のまん中に乗るし、おはちの上に乗る、子どもを引っかく、と悪戯が続くので、時には物尺でどやされたりもしていた。

ところがある時、よく家にくるお婆さんの按摩《あんま》が来たとき、膝にくる猫を抱き上げて子細に調べあげていたが、突然「奥様、この猫は全身足の爪まで黒うございますが、これは珍しい福猫でございますよ。飼っておおきになるときっとお家が繁昌《はんじょう》いたします」と言う。「これを聞いてから私たちの猫への待遇も変わりました。もちろんいい方に」。この猫の存在が『吾輩は猫である』の猫を語り手とする手法の契機となったのであろうか。

明治三十七年の暮れごろから、漱石は突然物を書き始めた。『ホトトギス』の正月号に『吾輩は猫である』の第一回、『帝国文学』の正月号に『倫敦塔』、『学鐙』に『カーライル博物館』といった具合に続けて書いていた。長い間書きたくて書きたくてたまらないのをこらえていた形だったので、書き出せば一気呵成《かせい》に続けて書いたようである。夜なんぞもいちばんおそくて十二時、一時ごろで、たいがいは学校から帰ってきて、夕食前後十時ごろまでに苦もなく書いてしまうありさまだった。『坊っちゃん』や『草枕』は、書き始めてから五日か一週間とはでなかったように思う。今思うと、その創作熱の盛んなことったらなかったのであろう。

『吾輩は猫である』には、当時の一家の生活の実際が随分沢山織り込まれている。もちろん全くの空想で、小説的に都合のいいように書いたところも多いようであるが、事件や人物はたいがい見当がつく。うちの猫が正月の三日に子どもの食べ残したお雑煮の餅を食べて、しきりに前足でもがきながら踊りを踊っていたのを女中たちと見て、あんまりいやしん坊をするから、と大笑いしたが、漱石はそれを聞いていて、ちゃんと『猫』の中に書いてしまった。また、当時、寺田寅彦、野間真綱、高浜虚子、橋口貢、野村伝四さんたちがよく家に見えていたが、そうした人々から聞いた話や、その動作や癖などをうまく取り混ぜて書いていたように思う。『吾輩は猫である』という書名も、高浜虚子さんが、小説の書き出しの一句を取って、これでよかろうといって決まったと聞いている。最初からあんなに長編にするつもりは本人にはなかったのだろう、発表されると皆が面白いと言ってほめそやすし、自分でもあんなものならいくらでも書けるというわけで、あんなふうに書いたのだと思っている。

この年（明治三十八年）の三月ころから、文章会というものが月に一回くらいずつ家で開かれるようになった。大体、高浜虚子、坂本四方太、寺田寅彦、皆川正禧、野間真綱、野村伝四、中川芳太郎等の人々だった。その場で『猫』などもしばしば読まれて、虚子が読むのを聞いて漱石も皆と一緒に笑いこけていた。私は、こういう日は朝から台所に出て夕食のご馳走つくりをした。にぎやかな会であった。もっともこの文章会はその後立ち消えになり、後に木曜会（漱石の訪問客がめっきり増えたため、木曜日だけを文章会出席者等の漱石に近い人々の面会日と決めた）として長く続くことになった（『漱石の思い出』一五八頁）。

生と死

明治三十八年十二月臨月であった。十四日の夜三時ころ陣痛が起こった。生まれるのは翌日の昼ごろであろうと予測し我慢していたが、四時ころになり我慢できなくなった。漱石に起きてもらい、女中を医者に走らせたり、かかりつけの産婆へも電話したが、痛みは激しくなる一方である。五時ころには生まれそうな気配になってきた。「もうあなた産まれそうです」といって、漱石の手につかまってうんうん言っているうちにとうとう産まれてしまった。狼狽《ろうばい》した。自分では何もできない。漱石も「取り上げ婆さん」は始めてであるからどうしていいか分からない。ともかく悪い水が顔にかかるといけないということをよく聞かされていたので、ともかく脱脂綿で赤ん坊の顔を押さえてくれと言うと、漱石は、よしきたとばかりに一ポンドの脱脂綿で上から押さえているが、それが海鼠《なまこ》のようにいっこう捕らえどころがなく、ぷりぷり動くような動かないような、すこぶる要領を得ない動き方をする。そこへ牛込の産婆が飛び込んできて、産湯《うぶゆ》を沸かしたり、私の着替えをさせたりの大騒ぎでやっと大役を果たしたが、これには漱石も度肝を抜かれたようだった。この子が四女の愛子である。

後日談がある。愛子が六歳か七歳のころ、漱石が愛子の顔をつくづく眺めながら、どう見てもわが子ながら不器量だなと言って、「愛子さんはお父さんの子じゃない。お父さんが弁天橋の下で拾ってきたのだ」などとからかうと、愛子も負けていない。「あらいやだ。わたしが産まれた時に、自分じゃ脱脂綿でわたしをおさえていたくせに」とさも知ってるのにと言わぬばかりにあべこべに食ってかかったら「こいつつまらないことをいつの間に聞いているんだい」などと笑っていた（このお産騒動については『道草』の中にかなり詳しく書かれている）。

他方、明治三十九年九月には、私の父中根重一が五十六歳で亡くなった。晩年は不遇であった。ところが前に、親類中に起こったことには一切不義理をするという約束を漱石との間にしていたので、父の葬儀には出てくれなかったが、金は出してくれたし、新聞の広告にも名を連ねてくれた。その時漱石が遺族にあてて長文の手紙を書いた。大変いい手紙であったと弟などが言っていたが残念ながら紛失してしまい、残っていないのが残念である。結局、漱石は葬儀にも出ず、学校へ行くのも変ということで学校は休み家で蟄居《ちっきょ》していた。こんたところはあの人らしく感じていた（『漱石の思い出』一七七頁）。

朝日入社

明治四十年の三月ころ、大学の大塚博士から、英文学担当の教授就任の話が持ち込まれていた。生計の実態、本人の教職継続への疑問等いろいろ悩んでいた。そんなところへ折よく「朝日新聞社」から小説記者として入社してもらえないかという話が来た。漱石は一生の道の岐《わか》れ目であり、慎重に考えたようだ。教授の道は好かないが安定的であるのに対して、新聞社は一つの商売、いつ何時《なんどき》どんな変動があるかも知れない。誘う人が信頼出来ても、社主がどうかはわからない。知人を通じて自分の希望を腹蔵なく「朝日」に伝え、結局、主筆の池辺三山と数回話して入社を決心したようである。条件の中には、毎年長編一篇、そのほか新聞にのせて差し支えない文章をのせる。ほかには〈ほかの社等の意〉殆ど書かない、といったようなことであったと記憶している。この年の四月は、洋行期間二か年の義務年限四か年を果したところでもあったので、晴れ晴れとした気持ちで大学の玄関を出てきたそうである。大学、高等学校に辞職の手続きをして、四月に朝日新聞入社ということになった。三月の末に関西に旅立ち、京都・大阪で約二週間ほど過ごしてきた。大阪朝日新聞社での顔合わせなどももちろん予定に入っていた(『漱石の思い出』一八六頁)。

謡の稽古

明治四十年のことである。漱石は長いことやめていた「謡《うたい》」をまた始め出した。この正月に門下生らが集まったおり「謡」の話が出た。虚子が最近鼓《つづみ》を打っていることも話題になり、是非それも聞かせろということになり、虚子の自宅から鼓を持参させそれがくると、皆が漱石に謡え謡えとすすめる。その気になって謡い始める。漱石も鼓を入れて謡ったことがないので渋っていたが、皆が謡え謡えとすすめるのでついその気になり謡い始めた。「虚子さんが力強い掛け声を入れて、ポンと鼓をお打ちになります。夏目の謡い声がプルプルと震えてしまいます。それではいけない、鼓を気にしないで、いつものとおり謡えという注意なのですが、また掛け声もろともポンと来ると、謡い手がヘナヘナになります。とうとうしまいには鼓に敗《ま》けて、皆目《かいもく》謡えなくなって自分でも笑って投げ出します。皆さんもお笑いになります。虚子さんお一人、しかたがないもんでやりかけた謡を一人でお謡いになって、御自分で鼓を打ってかえられました。夏目の謡はさんざんの不評判で、ふだん頭ごなしに悪口を言われているので、この時だとばかり私までが皆さんの尻馬に乗ってひやかしたものです」。

「いったい芸事でも何でも、へたじょうずはともかくとして、やりかけるとなかなか熱心にやるほうなので、謡も一時は相当熱心にやったようです。やり出せば自分でおもしろいのも一つでしょうが、またせっかく先生が気を入れてくださるのだから、その手前少しはじょうずにもならなければという気持ちもあったでありましょう。──中略── 安倍能成さんや野上さんなどもそのころの同門であったでありましょう。」(『漱石の思い出』二一〇頁)

猫の墓

明治四十一年九月に猫が死亡。これは初代の猫である。牛込区（現新宿区）早稲田南町の家に転居してきてから、この猫は妙に元気がなかった。ことに死ぬ前などは、食べたものを戻したりしてあちこちを汚したりしていた。いつの間にか見えなくなったと思っているうちに、物置の古いへっついの上で固くなっていた。俥屋に頼んで蜜柑箱に入れて、書斎裏の桜の樹の下に埋めた。その小さい墓標に、漱石が「この下に稲妻起こる宵あらん」という句を題した。九月十三日を命日として、毎年この日に祭事をした。その時漱石が懇意な人々に差し出した死亡通知のはがきがある。

「辱知《じょくち》猫儀久々病気の処、療養不相叶《あいかなわず》、昨夜いつの間にかうらの物置のヘッツイの上にて逝去致候。埋葬の儀は俥屋をたのみ箱詰にて裏の庭先にて執行仕《つかまつり》候。但し主人『三四郎』執筆中につき、御会葬には及び不申《もうさず》候。以上」(『漱石の思い出』二二〇頁)

満韓旅行

明治四十二年の夏ころ、漱石は当時満鉄の総裁だった中村是公氏から、一度満洲へこないかという誘いを受けた。中村氏とは大学予備門時代、同じ下宿にいたりしてとても親しくしていたようである。しかし、長くお互いに会う機会もなく過ごしていたようであった。漱石はかねがね中村氏を、法科の人間には自堕落《じだらく》のものが多いが、あれはまったく信義に厚い人間だ、頼めば何でも本気で親身になってやってくれるから、かえって迂闊《うかつ》には頼めないなどと言っていた。他方、中村氏の方も、夏目は学生時代から西洋かぶれをするでもなければお世辞を言うでもなく、ちゃんと自分を崩さずに持っていて、それでいて同級生から尊敬されていたものだ、などと語っておられたことがあった。そのころ漱石は『それから』を新聞に連載中であったが満洲旅行の出発前に全部書き上げていた。

九月に出発して十月中旬に帰ってきた。満洲の帰りには朝鮮にも回ってきた。

「玉《ぎょく》やら翡翠《ひすい》やらそんなものをだいぶお土産に買ってまいりました。いったいが支那趣味の人で、お金もないのでたいしたものの買えようはずもないのですが、それでもちょいちょい虎ノ門の晩翠軒あたりへ行って、何かと買ってきたりしていたものです。随分紫檀《したん》が好きで、お盆でも机でも莨入《たばこい》れでもむやみに紫檀を買い集めます。それを見て私が、貴方はなんでも紫檀ならいいのでしょう。その中には紫檀の机に紫檀の椅子で、何でもかんでも紫檀ずくめで、支那のものならなんでもござれとすましていたらいいのでしょうが、愛国心のない人だなぞ申しますと、夏目のほうでは、おまえはまた蒔絵《まきえ》だとか梨子地《なしじ》だとか、そんな金々《きんきん》塗ったけばけばしたものなら何でもいいのだろう。蒔絵さえしてあればいいかと思ってるが、ずいぶん下品なことだなどとけなしていたものです。そうしては紫檀の机につやぶきんをかけて、光沢《つや》の出るのを喜んでおりました。」(『漱石の思い出』二二三頁)

善光寺旅行

明治四十四年六月中旬ころ、漱石は、長野の教育会から講演の依頼を受けた。私はあの修善寺の大患後のことでもあり、身体のことが心配で反対したが、本人はあちらの方には行ったことがないので乗り気になって引き受けた。そこでそれでは私が付いて行くと言ったら、講演に行くのに女房を連れて行くのはみっともないからよせと言う。しかし、私はどうしても付いて行くと頑張った。そう言い合っているところに、丁度子どもが少し熱があるかして、小児科の豊田鉄三郎氏が見えた。すると漱石がいいことをさいわいに「ねえ、豊田さん、こんど長野へ講演に行くのにこいつがどうしてもついて行くといい張るのですが、小学校の先生の集まってる中に、女房なんか連れてゆくのはみっともないですね」と助けを求めた。すると豊田さんが、「いいえ、そんなことは決してございません。僕の先生の弘田博士なんかは、講演にいらっしゃる時には、きまっていつも奥さんとご一緒です」という返事に、そういう先例があってはと、とうとう負けて、一緒に行くことになった。

善光寺や諏訪神社に参詣したりした。中学で数校講演をし帰京した。旅中いろいろ食べ物に気を使ったが、何事もなく元気で帰ってきた。それでまた身体に自信ができて安心したようで、自分も大変安心した（『漱石の思い出』二八七頁）。

破れ障子

明治四十四年の九月半ばに大阪から帰ってきた漱石は、痔《じ》を悪くして通院していたが、とうとう切らなければならなくなりその手術をした。手術の時は麻酔で事なく済んだようであったが、後で床を歩いてもひびくと言って飛び上がって痛がった。これはなかなかしつこい病と見えて、翌年になってもまだ膿《のう》が出たりして悩んでいた。

「少々きたないお話になりますが、このころ胃は悪し、肛門は悪しで、よくガスが出るのですが、それがまことに妙な音をひびかせます。中村さん〈中村是公〉でしたか菅さん〈菅虎雄〉でしたか、どなたかがおいでになっていてその奇態なおならをききつけて、まるで破れ障子の風に鳴る音だとかおっしゃったので、それから破れ障子はおもしろい、まったくそのとおりだというので、落款をほらせる折りに『破障子《はしょうじ》』というのをたのんで、自分の書に捺《お》していました。

これで思い出しますのは、もう少し後のようでしたが、子供たちがいろは歌留多《がるた》を取っていますと、そのお仲間に入ります。みんな目が早いのにこのお父さんいっこうに取れません。ただ、『へをひって』という札と『あたまかくして』という札との二枚きりがお得意で、それを自分の前にならべて睨《にら》めっこしていますが、それさえよく子供たちにぬかれて凱歌《がいか》をあげられておりました。

いったいに世間からは、皮肉ばかりいってるつむじまがりでまけん気の、しかめっ面したこわいいかめしいおじさんのように思われておりましたようですが、こんな時にはほんとうに好々爺《こうこうや》で、子供たちとよく角力《すもう》をとったりなんかしますし、まったく他愛がありませんでした。そうしてずいぶん子供らしいところがあったようです。」（『漱石の思い出』二九八頁）

芝居と角力（相撲）

大正三年ごろ、一時しきりに芝居を観に行っていた。私を誘ったり、小宮さん〈小宮豊隆〉

あたりと同行した。しかし、あまり芝居の方はおもしろくないとみえて、観客席の誰彼の挙措を話題にしていることが多かった。小宮さんも敗けずに「先生、あすこに綺麗な芸妓がいるでしょう。あれは時蔵の馴染《はじ》みで魚《うお》という字を書いてとと子と訓《よ》ませるんです」に、夏目は夏目で「そんな莫迦なことがあるもんか。そんなら米《こめ》という字を書いてまま子と訓ませるんかい」てな調子で、いっこう芝居のほうはどうでもいい様子。そして帰って来ては、どうも旧劇は不合理だとか言っていた。

　他方、角力《すもう》は本場所になるとよく出かけていた。芝居はうそで固めた上にまたうそがある。しかし、角力は八百長角力以外は、自分の力のありたけを出し合って戦う。そのうそいつわりのない、いわば無邪気な正真正銘かけ値なしのところが見ていて気持ちいいといったところがあったようである。それで角力には根気よく通っていた。中村是公さんが席をとっていて、そこによく来い来いと誘われていたのでいつも行っていたが、人様の席だというのでいつも自分一人で行き、家族の者などを連れていくようなことはなかった。

「この、人様の席だから子供などでも決して連れて行かないなどという律義《りちぎ》なところが、いかにも夏目の夏目らしいところで、こういうところは礼儀正しいと申しますか、遠慮深いと申しますか、あるいは小心と申しますか、とにかく窮屈なくらい几帳面で、キチンとけじめがついていたものでした。」（『漱石の思い出』三四八頁）

夏目鏡子述・松岡譲筆録『漱石の思い出』（文春文庫）の中から、ほんの一端を選んで要旨を紹介してきた。ほかにも触れたい項目は限りなくあるが、興味ある方は前掲の文献に当たっていただきたい。小説等からは窺い知れない人間漱石の一面を垣間《かいま》見ることができて興味深いものがある。

筆録者の松岡氏によれば、この書物を作る手順として、松岡氏が大体各年代における漱石の書簡日記俳句漢詩随筆などの生活記録と思われるものを前以て頭に入れてから夫人の話を聞くという方法をとったと記しておられる。そして書いたものを夫人が確認して、その上で雑誌に載せるというのが基本であったようである。要は結婚生活二十年間のありのままの記録というべきものとされている。内容によってはいろいろ批判もあったようであるが、それがこの『思い出』の価値を否定するものでないことは確かであろう。人間漱石を理解する上での一つの文献として、貴重というべきであろう。

なお、この『漱石の思い出』の解説を記しておられる半藤末利子氏（漱石・鏡子の長女筆子が母親であり、松岡譲は父親に当たる人。作家半藤一利氏の妻である）は解説の中で、漱石について母（筆子）の言葉として、「自分は小説家だから、常軌を逸しても許されるのだとか、ものを書けないイライラを家族にぶっつけてもよいのだという傲慢さや身勝手さを、漱石という人は微塵も有していない。彼を恐ろしい人に変えたのは神経衰弱という病気であって、頭が妙な膜で覆われていない時の生《なま》の漱石は、稀にみる心の暖かい物解りのよい優しい人だった」

と母がよく言っていた、とされている。

　また鏡子夫人についても「昭和三十八年に亡くなったから、生前の鏡子に当然のことながら私は何度か会って話を聞いている。鏡子ほど歯に衣着せず直截に物を言う人を私は知らない。しかも、年寄りにありがちな繰り言としての愚痴や手柄話の類や、漱石に関しての悪口を、祖母の口から私は一度たりと聞いたことがない。祖母はお世辞を言ったり、自分を良く見せるために言葉を弄したり蔭で人の悪口を言うこともなかった。あれほど悪妻呼ばわりされても、自己弁護をしたり折をみて反論を試みようなどとはしない人であった。堂々と自分の人生を生きた人である。いつか二人で交わした世間話が、漱石の門下生や、鏡子の弟や二人の息子や甥達に及んだ時、『いろんな男の人をみてきたけど、あたしゃお父様（漱石）が一番いいねぇ』と遠くを見るように目を細めて、ふと漏らしたことがある」と。

『道草』の口論場面を思い出しつつ、本書の最後を飾るにふさわしい文章に出会えたような気分である。

あとがき

人生の夕暮れ時、いや、深夜ともいうべき時期になって、読書を続けられるということの幸せは、読書好きな方ならたやすく理解してもらえることであると思う。本を読むということは、少し大袈裟に言わせてもらうと、私にとってそれは「人生そのもの」であるように感じている。読めども読めども尽きせぬ書物の存在は、生きる上で費やすべき時間の内実を心配させることはない。もちろん何をどう読むかは人それぞれであり、それでよいのである。

しかし、ある書物が創られるについて、書き手の深い叡知や該博な知識と技術に基づいて産み出されたものである場合には、私たちがそこから得るものは測り知れない貴重なものがあることは間違いない。そこでは多くは「人間」が素材となっており、人間の営みについての様々な問題点が、いろいろな形で凝縮されて顕れている。

夏目漱石の遺した多くの著作物などは、その代表的なものの一つであると言ってよい。何度読み返しても新しい発見はあるし、改めての感慨ももたらしてくれる。そういう気分の一端をノートとしてまとめてみようと思ったのが今年の春ころであった。取り上げた作品はもちろんであるが、そのほか漱石に関連する多くの書物を読み、改めてこの作家の備えている吸引力に引かれたものである。

もっとも、まとめたノートを見ると、何と平凡かつ底の浅いものかと自らあきれるほどのものであるが、単なる市井の一読書人の感想としてなら、あえてこれを公にすることにも一分の理はあるのではないかと考えた次第である。

読書離れが進んでいると言われているが、まだまだ本を読むことに意欲のある人々は多いと信じている。そこで、とりわけ若い皆さんにとって、本書が一つの漱石ガイドとしての役割の一端を担うことができれば望外の幸いである。

本書の出版に際しては、花伝社の佐藤恭介氏はじめ、同社の皆さんのご支援を頂いた。ここに深く感謝の意を記しておきたい。

名古屋の寓居にて
澤田省三

二〇一四年盛夏

主要参考文献

江藤　淳『漱石とその時代』第一部〜第五部、新潮選書、一九七〇年
亀井俊介『英文学者　夏目漱石』松柏社、二〇一一年
秋山　豊『漱石の森を歩く』トランスビュー、二〇〇八年
秋山　豊『漱石という生き方』トランスビュー、二〇〇六年
小山文雄『漱石先生からの手紙』岩波書店、二〇〇六年
小森陽一『漱石論』岩波書店、二〇一〇年
石田忠彦『愛を追う漱石』双文社出版、二〇一一年
半藤一利『漱石先生お久しぶりです』平凡社、二〇〇三年
半藤末利子『漱石の長襦袢』文藝春秋、二〇〇九年
森まゆみ『千駄木の漱石』筑摩書房、二〇一二年
中村　明『吾輩はユーモアである』岩波書店、二〇一三年
夏目鏡子『漱石の思い出』文藝春秋、二〇〇六年
吉本隆明『夏目漱石を読む』ちくま文庫、二〇一二年

高島俊男『漱石の夏やすみ』ちくま文庫、二〇〇七年
高浜虚子『回想　子規・漱石』岩波文庫、二〇一〇年
坪内稔典『俳人漱石』岩波新書、二〇〇三年
平川祐弘『内と外からの夏目漱石』河出書房新社、二〇一二年
半藤一利『漱石・明治日本の青春』新講社、二〇一〇年
三好行雄編『漱石書簡集』岩波文庫、二〇一三年
三好行雄編『漱石文明論集』岩波文庫、二〇〇五年
「夏目漱石を読む」『ｋｏｔｏｂａ』集英社、二〇一三年夏号

澤田省三（さわだ・しょうぞう）

1936年生、兵庫県豊岡市出身。関西大学大学院法学研究科修士課程中退。法務省入省。法務省大臣官房長付、法務省民事局補佐官等を経て、宮崎産業経営大学法学部教授・同法律学科長、鹿児島女子大学教授、志學館大学法学部教授・同図書館長、中京大学法科大学院教授等歴任。現在、全国市町村国際文化研修所講師。
主な著書
『夫婦別氏論と戸籍問題』（ぎょうせい）、『家族法と戸籍をめぐる若干の問題』（テイハン）、『新家族法実務体系２』共著（新日本法規出版）、『事典　家族』共著（弘文堂）、『相続問題の法律相談』（ぎょうせい）、『やさしい不動産登記法』（ぎょうせい）、『ガイダンス戸籍法』（テイハン）。その他論文多数。

私の「漱石」ノート——その人と作品に魅せられて

2014年11月25日　初版第１刷発行

著者 ——— 澤田省三
発行者 —— 平田　勝
発行 ——— 花伝社
発売 ——— 共栄書房
〒101-0065　東京都千代田区西神田2-5-11出版輸送ビル2F
電話　03-3263-3813
FAX　03-3239-8272
E-mail　kadensha@muf.biglobe.ne.jp
URL　http://kadensha.net
振替 ——— 00140-6-59661
装幀 ——— 三田村邦亮
印刷・製本ー中央精版印刷株式会社

ISBN978-4-7634-0720-7　C0095